歴史を愉しむブックガイド

時代小説で読む！
北海道の幕末・維新

鷲田小彌太
WASHIDA Koyata

亜璃西社

ここに、蝦夷から北海道への移行期における大まかな人口推移がある。

元禄15（1702）年　2万86人（居住地は道南で、和人に限定）
明治2（1869）年　5万8467人（開拓使設置、居住地は道南が中心）
同17年　22万7900人（全国府県の中で最下位）
同23年　42万7128人（以降、開拓期に大量の人口流入で急増）
同33年　98万5000人
同41年　132万2400人
大正元（1912）年　173万9090人

蝦夷の「名」をやめ（明治2年）、独自の「顔」を持つようになったとき、すでに北海道から時代小説の「舞台」は消えていた。（私が生まれた白石村字厚別も、私の生家も、明治23年にはすでに根を生やしていた。）時代小説の舞台が少なく、作品の数も少ない理由だ。

そんな北海道の時代小説、それもまだ北海道というはっきりした形が定まっていなかった「幕末」期（せいぜい明治2年まで）、よちよち歩きの北海道を舞台にした時代小説のブックガイドを書こうというのが本書の試みである。とても無謀な試みだが、その無謀さがなんともいえない魅力のように思える。

萌芽期ないし草創期の事物は、総じて面白い。まだ形が定まっていないぶん、数多くの可能性を秘めており、驚きに満ちている。北海道が生まれて１５０年後の「現在」につながるルーツを、発見する旅に似ているだけではない。私たちの３代、４代前の祖先の生と死を拾い集め、抱きしめる回想の旅でもあるからだ。

そしてなによりも、懐かしい。

時代小説で読む！　北海道の幕末・維新【目次】

Ⅲ 北辺の防備とアイヌ

Ⅳ 開拓の礎――流離と新天地

Ⅴ 探検家、冒険者たち

Ⅵ 箱館戦争・異聞

Ⅶ　松前藩・逸聞

Ⅷ　エンターテイメント

補　蝦夷・北海道の幕末時代小説をさらに楽しむために

装幀◆佐々木正男（佐々木デザイン事務所）

I

豊饒なり、幕末蝦夷・北海道の時代小説

1　時代小説で「歴史」を味わう

日本の時代小説は実に豊かで、バラエティに富んでいる。よく調べたわけではないが、諸外国にこれほどの文学ジャンルはないのではなかろうか。まさに豊饒の海と呼ぶにふさわしい。

日本の文学とりわけ小説から時代小説を差し引けば、小説はどれほど干からびて素《す》寒貧《かんぴん》なものになるだろうか。さらに「歴史」から時代小説を差し引くことにでもなれば、歴史への一般の興味はほとんどないに等しくなるのではないだろうか。

つまり時代小説を抜き去ると、「書かれたもの」（書物）を読む楽しみと喜びの過半が、また、人間が長い時をかけて蓄積した知的財産の多くが、失われてしまうといってもよいのではないだろうか。

たかが時代小説ではないか、大げさな物言いはよせ。こういわれる方もいるかもしれない。だが、そうではないのだ。

司馬遷『史記』は「正史」（ヒストリー）である。同時にこの正史は、「世家」（孔子伝等）や「列伝」（老子伝）という「稗史《はいし》」（フィクション）を持つ。正史と稗史をあわせてこその「歴史」なのである。

曹操《そうそう》、劉備《りゅうび》、孫権《そんけん》、呂布《りょふ》、関羽《かんう》、馬超《ばちょう》等が活躍する、陳寿《ちんじゅ》の撰による『三国志』は「正史」である。陳寿三国志（オリジナル）があればこそ『三国志演義』（コピー）が存在する。これは間違いない。

だが、コピー（翻案＝フィクション＝時代小説）である『三国志演義』や吉川英治『三国志』がなければ、魏と呉と蜀が天下を三分した時代の生きた歴史の姿を再現し、味読することは難しい。

こう極論したくなるほどに、小説である『三国志演義』、さらにその翻案である吉川『三国志』や横山光輝の『三国志』（漫画）、あるいは正史『三国志』を翻案した北方謙三の『三国志』は、いずれも面白いだけでなく、知的興奮をそそられずにはいられない。同時に、正史『三国志』を読みたいという知的興味をも募らせる。この北方三国志や吉川三国志は、原典こそチャイナであるが正真正銘の時代小説である。

「祇園精舎の鐘の音　諸行無常の響きあり」の『平家物語』も、「蒙窃《もうひそか》に古今の変化を採って、安危の来由を察するに」の『太平記』も、ともに時代小説（歴史物語）である。もし、正史（『日本書紀』以下の六国史）や『増鏡《ますかがみ》』（鎌倉期の編年体の歴史）のような歴史書だけだったなら、歴史は何と味気ないものになっていただろうか。ほとんどの人間に見向きもされず、歴史にも小説（＝物語）にも無関心な人間ばかりになっていたかもしれない。

なるほど時代小説は、小説（フィクション＝虚構）であるだけに「史実」を無視する「伝奇《ロマンス》」の類が多い。また時代小説は「通俗・大衆小説」であり、面白おかしくが本意で、俗情に訴えるともいわれる。間違ってはいない。

だが「歴史」といえども、どれほど「事実」に忠実たろうとしても、人間の手になったものである。「文字」による「記録」（書かれたもの）であり、創作《フィクション》性をまぬがれることはできない。『日本書紀』がそうであり、『増鏡』がそうである。ともに「物語」でもある。

また、通俗＝大衆《ポピュラー》小説とは、大衆（＝多くの人）にわかる、読まれる小説のことだ。高尚かつ少数の読者を想定したものではない。

大衆小説は確かに俗情に訴える。しかし、「俗情」とは文字通り「世俗の人情」（affairs of the world）ではないか。「俗情」なしに、人間も世間《ワールド》も、「人情」も「世」も、解することも語ることもできないのだ。

あるいは大衆小説には、「劣情《ローパッション》」に訴えるものがある。事実だ。だが、「鬼畜米英」がローパッションに訴えた惹句《スローガン》であるとするなら、「夫婦和合」とか「人類融和」とかいう麗しい言葉も、果たしてローパッションに連なるのではないだろうか。

人間の自然感情（本性）に根を持つローパッション自体を排斥したり追放したりすることは、誤っているといわなければならない。

『平家物語』や司馬遼太郎『国盗り物語』について、「歴史の真実をゆがめる」等とその欠点をあげつらうことは難しくない。しかし、公家から武士への支配体制の変化と、各時代の政治・経済・文化におけるリーダーの活躍を、これほど鮮やかに書き記した作品もまた見当たらない。

時代小説がなければ、歴史の豊饒さを味わうことは難しいと述べた理由が、そこにある。

2 花村萬月『私の庭』――蝦夷から北海道への「転生」記

時代小説の御三家に、吉川英治（『宮本武蔵』）、子母澤寛（『勝海舟』）、山本周五郎（『樅ノ木は残った』）がいる。この3人を抜きにして、時代小説の頂を仰ぎ見ることは難しい。

また時代小説のビッグ3に、司馬遼太郎（『竜馬がゆく』）、池波正太郎（『鬼平犯科帳』）、藤沢周平（『三屋清左衛門残日録』）がいる。死してなお、多くの読者を惹きつけ楽しませ、励ましてくれている。

さらに現役で時代小説界に独自の地歩を占める、御三卿ともいうべき津本陽（『下天は夢か』）、北方謙三（『武王の門』）、佐伯泰英（『居眠り磐音江戸双紙』）が、満天下のファンをうならせている。それに、時代小説家の原作による映画、テレビドラマ、演劇等の作品がなければどうなるか、想像してみるといい。

これら時代小説の文豪《グレートライター》とは異質ながら、新鮮かつ豊満な時代小説が現れた。浅田次郎や山本一力の作品である。

そしていま一人、特筆大書すべき時代小説の書き手が現れた。

幕末の蝦夷と地続きの、北海道を舞台にする一大ロマンであり、時代小説第1作と

『私の庭』 平成13（2001）年1月から「週刊宝石」とその後継誌「週刊DIAS」で連載。平成14年7月号からは「小説宝石」に掲載誌をかえ、同21年5月まで連載された。単行本化の際に加筆訂正され、浅草篇が平成16年、蝦夷地篇が同19年、北海無頼篇が同21年に光文社から刊行された。

なる巨編『私の庭』の作者・花村萬月である。

　この作品の登場をもって、北海道を主舞台とする幕末時代小説にびしっと背骨が入った。北海道の幕末時代小説のブックガイドを書くことができるだけでなく、書く意味があると確信することができる。少なくとも、こう宣言できると思わせたのだ。大げさに聞こえるだろうが、決してそうではない。

　素浪人の権介を主人公に、博徒茂吉ら「底辺」に生きる男（と女）を主人公とする『私の庭』は、浅草篇、蝦夷地篇、北海無頼篇の全３部に及ぶ。原稿用紙に換算すると、およそ５３００枚になんなんとする一大長編小説である。

　慶応３（１８６７）年の浅草、幼児期に天然痘によって両親姉弟を失った権介は、棒組《あいぼう》の十郎と侍狩りで「飲む、打つ、買う」の資金を得るという放埒《ほうらつ》な生活に明け暮れている。転機は「刀」から生まれた。（以下あらすじ、物語の核心部分も紹介する。）

　名刀を手にした十郎が血迷って惨殺されたことから、孤児の権介を幼い頃から訓育してきた謎の「爺《じい》」が剣術を教えるようになる。この爺、徳川家につながる元幕府高官であった（ようだ）が、権介と同じように浅草のスラムに住む浮浪人で、権介にひたすら正眼の構えだけを教える日々がはじまる。その権介が刀を握る日が、ついに来た。

　賭場で出会った敬愛する浪人・坂崎が、新門辰五郎一家によって惨殺され、その愛人で夜鷹の夢路も顔を焼かれたのだ。復讐のために剣を握った権介は新門一家を夜襲し、12人を突き殺す。こうして権介は、第一の「私の庭」であった「自由の天地」浅草を失い、爺の指示で「蝦夷地」へ向けて出奔する――。と、ここまでが浅草篇だ。

権介を無性に駆りたてるのは「刀」である。食と性という巨大欲にも勝る、命のやりとりの快、「突き殺す快感」がである。フロイト（精神分析）の言葉でいえば、生と死の本能、すなわち「エロスとタナトス」である。権介はこの快感に酔いしれることを知るが、蝦夷の天地をなにものかに導かれたように突き進むのは、この快感から身をひき剥がそうとするもう一つの本性《ローパッション》のためである。

権介は本州の果て津軽の寒村小泊で、全住人から徹底的に虐げられ軽蔑される茂吉に出会い、もう一人の自分＝影の私に出会ったように感じる。そして、このまったく対照的でありながらも背中でくっついているような2人は、小舟で小泊を脱出することになるのだ。

真冬の暴風の中、茂吉の腕だけを頼りに津軽海峡を渡りきろうとするが難破し、矢越峠の東に流された2人。それまでも、漁と狩りで命をぎりぎりつないできた茂吉の旺盛な生活力で、2人は厳寒の冬を生き延び、迷い込んだ3本足の白狼とともに箱館を目指す。

明治2年、すでに幕府軍は敗走したあとだ。箱館で権介は茂吉と生き別れ、茂吉の生活技術を受け継いだ権介は、狼とともに蝦夷＝「原始」北海道を求め、大沼、羊蹄山麓、千歳川、沙流川、十勝川等々を渡り歩き、巨大ヒグマに襲われたアイヌの娘イポカシを救うため、ヒグマを一突きで倒し、ようやく「刀」（＝和人）を棄てることができた。権介はついに、和人もアイヌもない「私の庭」を見いだすのだ。

一方の茂吉は、北海道「開発」の先進地である箱館で博徒となり、権介から教わった剣の力で「突き殺す快感」を体感。敵対者を押しのけ、札幌や東北一円にまで勢力を伸ばす一大博徒組織「マル茂」組親分にのし上がり、箱館―札幌本願寺道路開鑿《かいさく》を差配するなど、北海道開発の一翼を担うまでになってゆく。

2人は方向こそまったく異なるが、北海道でともに一匹の「獣」として生きるわけだ。ここまでが「蝦夷地篇」で、明治2年から和暦を西暦に改暦する同6年正月までのことである。

明治6年以降は「北海無頼篇」となる。権介はヒグマから助けたイポカシとの間に得た子である元介も、金掘り女アキカゼも、そしてアキカゼと得た黄金すらもあっさりと棄て去り、食と性だけにいきる一個の「自然」に、蝦夷人になりきろうとする。その一方、茂吉は……。

北海道の「創世記」あるいは「ユリシーズ」ともいうべきこの物語は、自然の大地を「私の庭」として生きようとする権介と、「開発」の暗部の一翼を担うことで「俺

花村萬月（はなむら・まんげつ） 昭和30（1955）年5月5日〜。東京・小石川生まれ。作家志望の父親から独特の教育を受けた事情は、『父の文章教室』（平成16年、集英社新書）に詳しい。小学校4年生の時に父と死別してドヤ街に住み、小学校4年生の時に父と死別してから福祉事務所に預けられるなどし、高校中退後は全国を放浪。20代で薬物中毒となる。その後、3年間の作家修業を自らに課し、その3年目となる平成10年に「小説すばる新人賞」を受賞。同年、『ゲルマニウムの夜』（文藝春秋）で芥川賞を受賞する。『私の庭』を書くため、花村は北海道で3年間も暮らしたほど創作に熱中したという。時代小説には、『錏娥哢奼（あが

の庭」とする茂吉との対決で、幕を閉じる。これはまさに、蝦夷から北海道への「転生」記にほかならない。幕末北海道を描いた時代小説の、白眉という所以《ゆえん》である。

そしてこの小説、なによりも類のない破天荒さで、ぐんぐん読ませる。毎日12時間読み続けても1週間は楽しめる、そんな巨編である。

るた)』(平成19年、集英社)、『武蔵』(平成23年、徳間書店)がある。

3　道産子作家の時代小説を中心に

本書でわたしは、北海道の幕末を舞台にした時代小説の紹介を、北海道出身作家の作品にことのほか注目して行おうと思う。理由は簡単だ。

一つ目は、北海道出身の作家、道産子作家がすぐれた幕末時代小説を書いており、しかもその中に幕末の北海道を舞台にした作品がかなり含まれているにもかかわらず、この事実があまり知られていないからである。

たとえば、厚田（現石狩市）出身の子母澤寛は、『新選組始末記』や『国定忠治』を書き、『勝海舟』を発表している。これら「敗者」の物語の根底にあるのは、彼を養育してくれた祖父の存在だ。旧幕臣として彰義隊に加わり、上野戦争、箱館戦争と転戦して敗北。その後、厚田に流れつき敗残者として生きた血脈への懐情である。

二つ目は、北海道出身であるわたしの、根っこのところにあるナショナリズム、なかなか複雑な郷土愛につながっている。この愛ゆえに、道産子の手になる道産の知的財産をより大事にしたいという誘惑は、避け難いからだ。

釧路出身の原田康子の手による時代小説より、総じていえば村上元三の時代小説の方が、わたしにとっては好ましいし、紹介しがいもある。しかし、北方防備等の幕末小説をあげるなら、村上の「蝦夷日誌」や『颶風《ぐふう》の門』ではなく、原田の『風の砦』をメインに取りあげたいと思う。この「愛」あるがゆえである。

三つ目は、北海道出身作家の手になる時代小説を、北海道の知的財産として積極的に評価し、北海道の文学に幅と厚みをもっと持たせてみたいという思いが、常にわたしの念頭から去らないことにある。

これまで、北海道文学の圏内《サークル》でほとんど取りあげられることのなかった富樫倫太郎『箱館売ります』や、多産作家の藤井邦夫『歳三の首』、それに道産子ではないがＳＦの「巨匠」である矢野徹『カムイの剣』などを、本書で紹介した理由である。

ただし、ときとして「郷党愛」がそうであるように、北海道愛も偏愛に陥りがちになる。この偏愛こそ、北海道の開拓に大きな貢献を果たした黒田清隆を主人公にする小説が、彼が勝者＝薩長閥であるという理由で、道産子作家によって書かれていないことと、つながっているといってよいのではないだろうか。

安部公房『榎本武揚』や吉村昭『間宮林蔵』をメインに紹介する理由は、このような偏りを質《ただ》し、正すためでもある。

なにはともあれ、北海道の幕末の時代小説を、それも道産子作家の作品をメインにラインナップした、これまでにない時代小説の読書案内を堪能されたい。

4　不破俊輔『シーボルトの花かんざし』――蝦夷幕末前夜のスペクタクル

読書とは、新しい作品との出会いなしに活力、とりわけ持続力を生みにくいものだ。読書欲が減ることとは、新作を読まなくなることと軌を一にする。「若いときは小説をよく読んだ」という科白《セリフ》は、「読書欲がなくなった」という告白そのものなのだ。

新作は読書の栄養源である。そんな時代小説にわたしも出会った。しかも長い間、交際が途絶えていた年来の知友が書いたものである。以前書いていた小説と、テーマも内容も書きっぷりも一変し、念力がこもっているのではと思うほどだった。新しい「鉱脈」を発見したに違いない。

こんなに衝撃的でしかもうれしいケースは、よほど稀である。むしろ、作者不破の変わらぬ精進を知らずにいたおのれ自身を恥じる思いだった。長編『シーボルトの花かんざし』（780枚）である。

この作品の梗概《こうがい》（骨組）はこうだ。

1　蝦夷幕末の「端緒」全部を網羅している。つまりエトロフ島が、南部嘉右衛門によって飛騨屋久兵衛の場所請けとなり、クナシリ・メナシ騒動の発生によって幕府直轄となり、ロシアのエトロフ襲撃事件が遠因となって高田屋嘉兵衛の場所受けとな

『シーボルトの花かんざし』平成24年、北海道出版企画センターから刊行された。

る時代である。主役は「エトロフ」なのだ。

2　幕府の動向に目を転じれば、蝦夷の積極開発をはかった田沼（意次）時代から、蝦夷を「独断」で松前支配に戻す水野忠成《ただしげ》の時代までが含まれる。著者は、田沼支配がもう少し続けば、日本の開国と蝦夷の開拓はもっとはやまったと予想している。正鵠を射ているのではないだろうか。

3　最上徳内、近藤重蔵、間宮林蔵という、蝦夷開拓の先駆者が個性豊かな姿で登場する。著者が徳内や重蔵を評価し、林蔵を偏屈な攘夷鎖国主義者とするのは、小説であるとしてもそのまま肯《うなず》くことはできないが、彼らの活躍は実にいきいきと描写されている。

4　ロシア、オランダとの外交関係が、高田屋嘉兵衛やリコルド、さらにはシーボルトや高橋景保等、陰影の濃い個性的な人物を配して語られる。

本書は、のちに紹介する北方謙三『林蔵の貌』と、取り扱う時代を同じくする。もっとも、時代・人物評価は対極の立場にある。わたしは、どちらかというと北方の「評価」に与するが、不破の作品も侮れない。

それに、よきにつけ悪しきにつけ、郷里である樺太・北海道に対する強い思い入れが、不破にはある。こうした場合、偏愛に陥ることが往々にしてあるが、樺太生まれの不破にそれはない。

シーボルト　1796〜1866年。フィリップ・フランツ・フォン・シーボルト。ドイツの医師・植物学者。長崎の出島にあったオランダ商館の医師として活躍。私塾「鳴滝塾」をつくり、西洋医学を伝えた。（肖像は川原慶賀筆、『近世の肖像画』〈平成3年、佐賀県立美術館〉から）

歴史とは多義的な改釈を免れえない。もとより小説がそうである。この二重の多義性を許さない小説書きなぞ、なんぼのものでもないだろう。

なによりも、手軽で情緒的な時代小説が横行する中で、新趣向を盛り込んだ贅沢な時代小説が現れたことを祝さなくてはならないだろう。ただし、手軽で情緒的な時代小説を否定していうのではない。戯作、ライトノベル——それが小説の本道であるからだ。その意味で、もう少しこの小説に手軽さと遊びがあれば、ともいってみたくなる。

不破俊輔（ふわ・しゅんすけ） 昭和17年6月11日～。樺太（サハリン）豊原市生まれ。本名は田中忠昭。昭和20年8月の降伏直後、一家は樺太を脱する。昭和36年に滝川高を卒業、同40年に早大商学部を卒業後、家業を継ぎ、仕事の傍ら作家修業を続ける。『私のジュスティーヌ』（昭和60年、青弓社）をはじめとした小説、エッセイ等の著書を持つが、本格的な時代小説は本書が初となる。歴史関係の最新著作は『新島八重その生涯』。（平成24年、明日香出版社）

II

敗者と勝者

『日本書紀』をはじめとする、国家によって書かれた「正史」は、おおむね「勝者」の歴史である。正史は書かれる機会が少ないが、読まれる機会も少ない。それは、正史ではない時代小説において、「勝者」の歴史や物語が著されにくい理由でもある。さらに、大きな成功を収めたからといって、永久に、少なくとも没するまで「勝者」であり続けた人物は稀だ。「盛者必滅」であり、なによりも「生者必滅」の理《ことわり》である。

いま一つ、この世の多くの人は勝者でも敗者でもないが、勝者の数は敗者に比べ桁違いに少ない。多くの人が「敗者」により強い共感＝同情《シンパシィ》を抱き、判官贔屓になりがちな理由だろう。「頼朝」よりも「義経」が、黒田清隆よりも榎本武揚や土方歳三に材をとる小説が、より好んで読まれるという事実は否定できない。

1　子母澤寛『蝦夷物語』と「厚《あつ》田《た》日記」——「敗残者」がゆく

「ニューフロンティア」＝「新天地」は、開拓期から今日まで続く北海道のキャッチフレーズである。道民に人気の高い坂本龍馬や榎本武揚も、同じようなセリフを吐いている。

そうしたイメージとは裏腹に、時間軸が蝦夷から地続きである北海道に渡り、そこに住み着いた人たちの多くは、敗残者や流れ者、あぶれ者たちであった。

越前の福井から札幌の二条市場近くに流れついたわたし（鷲田）の曽祖父、孫左衛門もそんな一人である。

そうした「負け犬」ともいうべき、さまざまな人々の軌跡をたどる時代小説を書いた第一人者が、厚田村（現石狩市厚田区）出身の作家、子母澤寛である。

寛の祖父は敗残者だった。幕臣といえば聞こえはいいが、本所割下水に住む微禄の御家人で、彰義隊に加わってあっけなく敗れ、命からがら仙台まで落ち延び、そこでようやく幕府海軍の榎本艦隊に潜り込むが、箱館戦争に敗れて囚われの身となる。放免後は厚田に移り住み、「負け犬は負け犬らしく死ぬのだ」というセリフそのままの生涯を送った。

『蝦夷物語』「別冊文藝春秋」第38号（昭和33年）に掲載。昭和35年、中央公論社から刊行された。

「厚田日記」「小説新潮」昭和36年10月号に掲載。翌年、中央公論社から刊行された『脇役』所収。なお、〝厚田物語〟ともいうべきこのほかの作品として、「南へ向いた丘」（昭和38年、中央公論社、『町

また、作品集『蝦夷物語』（昭和35年、中央公論社）の冒頭を飾る「蝦夷物語」（445枚）は、寛の祖父をモデルにした斎藤鉄太郎と、鉄太郎とともに厚田まで逃げ延び、そこで死んだ福島直次郎という、2人の旧幕臣が主人公である。逃避行の顛末そのものは悲惨であるが、ユーモラスな挿話をからめた聞き語りになっている。そんな2人から聞いた話を語るのが、鉄太郎の孫（子母澤寛）だ。

『脇役』（昭和37年、中央公論社）所収の「厚田日記」（60枚）は、鉄太郎と直次郎のあとを追って厚田にたどり着いた、元御家人たちの交情と哀感を熱く語った作品である。とりわけ注目したいのは、開拓使のアイヌ同化対策に対する鉄太郎たちの反発と、アイヌへの同情からはじまった人間関係の深まりの中で、最後に鉄太郎が吐く次のセリフである。

やっぱりおれらはこの厚田で帯をといて腹を焚き火にあぶり乍ら、うつらうつらしているようなアイヌのなかに生きているのが性に合うようだね。

わたしの曽祖父・孫左衛門は、流れついた北海道に定着し、一旗揚げて「勝者」の仲間入りを果たそうとした一人であった。が、寛の祖父たちは、たとえ一時期網元として権勢を振るうことはあっても、「勝者」として生き延びようとは決してしなかった。

方同心日記抄』所収）がある。両作品とものちに『北海道文学全集』第4巻（昭和55年、立風書房）に収められた。

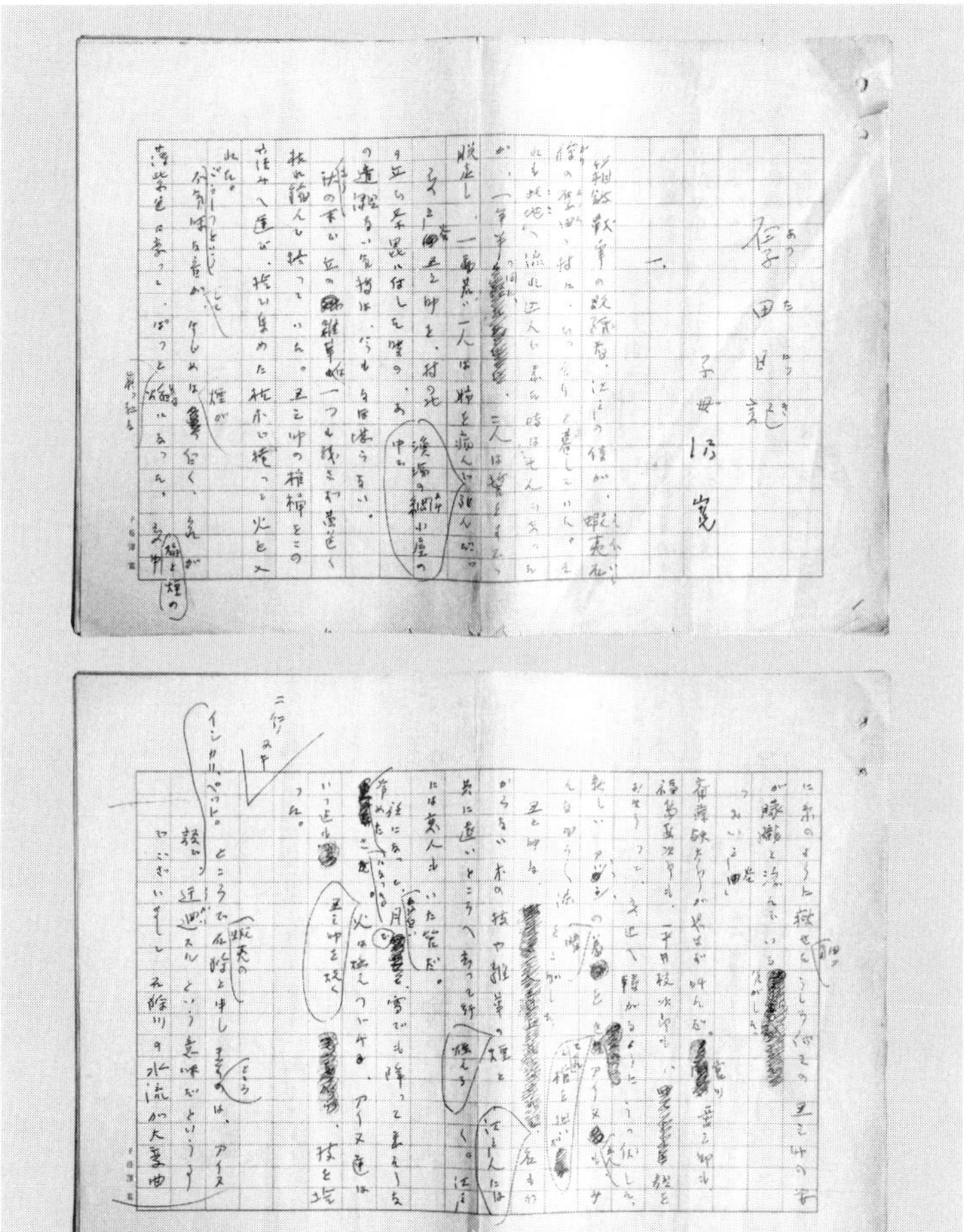

厚田日記

子母澤寛

一、

▲「厚田日記」の自筆原稿（石狩市民図書館蔵）

子母澤寛（しもざわ・かん） 明治25年2月1日〜昭和43年7月19日。厚田生まれ。本名は梅谷松太郎。生後すぐに祖父母の

『新選組始末記』（昭和3年、万里閣書房）から、『国定忠治』（昭和8年、改造社）、『勝海舟』（昭和21年、日正書房）、寛の最後の長編小説で箱館戦争の顛末を榎本武揚を主人公に配した『行きゆきて峠あり』（昭和42年、読売新聞社）まで、寛の代表作を貫くのは、祖父が寛の記憶の中に刻み込んだ、さまざまな「負け犬の負け犬らしい生き方」であったというべきだろう。

同時に忘れてはならないのは、とりわけ短編において寛が、取るにたらないと思われているエピソードの中に、人間世界に欠かすことのできない「宝石」のような人情、世態風俗を細やかに写し取っていることだ。あたかもそれは、古代中国において民間の風聞を拾い集め、稗史（小説）を書き記した稗官を思わせる。

ここにこそ、低い目線から人間たちの哀感を描く、時代小説の本領があるのではないだろうか。

養子となり、育てられる。旧制北海中学（現北海高校）をへて、苦学して明治大学法学部卒。職を転々としたあと、大正8年に読売新聞入社。34歳で東京日日新聞に転じてから文才を発揮して、インタビューや食エッセイで名を上げる。昭和3年、在職中に聞き書きした『新選組始末記』（万里閣書房）でデビュー。昭和8年に作家一本となる。戦中から戦後にかけて書き継いだ、敗者側から見た近代日本形成史ともいうべき『勝海舟』（昭和21年、日正書房）で、文名を決定的にする。幕末北海道に最も精通した作家といってよい。なお、画家の三岸好太郎は異父弟にあたる。（肖像は石狩市厚田資料館蔵）

2　安部公房『榎本武揚』——奇妙なり、武揚

榎本武揚を主人公にした時代小説は、十指に余るほどある。箱館で壮絶な死を遂げ、いまや悲劇の主人公と化した土方歳三に数でこそ負けているが、「敗者」である点は同じだ。

榎本軍と箱館で戦った「勝者」である黒田清隆に材をとった小説が、皆無に近いことと比べてみるといい。（なお、平成19年に奥田静夫『青雲の果て——武人黒田清隆の戦い』が、ノンフィクションと銘打たれて北海道出版企画センターから刊行されている。）

その中でも安部公房『榎本武揚』（昭和40年、中央公論社）は、最もはやく出版されたユニークな構成と内容の本である。物語は、作者と厚岸《あっけし》で出会った旅館主との、いくぶん錯綜した「話」のやりとりという形で進む。

1　榎本は最後まで明治新政府に抵抗した朝敵・旧幕府軍の首魁である。ところが箱館戦争に敗れた後、一時獄に繋がれながら一転して政府高官を歴任した。一方、厚岸で旅館業を営む元憲兵の男は、戦後の変節を咎められる。しかし、榎本の「変節」は間違ってはいなかったということを根拠に、戦前と戦後では「忠誠」の対象が変わっ

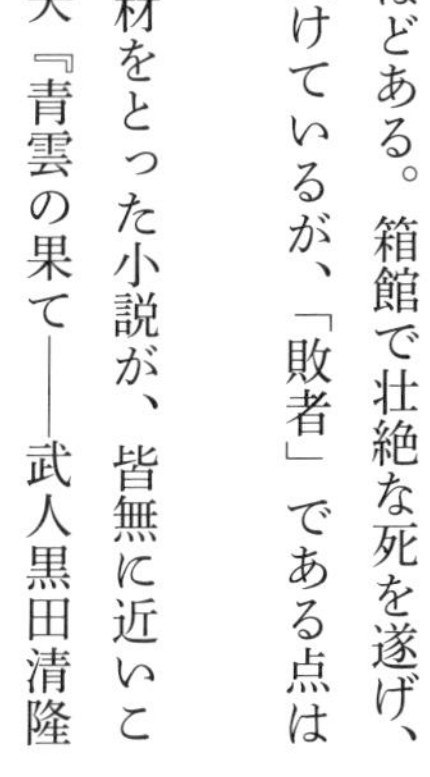

『榎本武揚』　昭和40年、中央公論社から刊行された。中公文庫に収められたのち、平成2年に改版（570枚）された。

たのだ、変わって当然なのだ、と元憲兵の旅館主は自身の「転向」を正当化しようとする。

２　旧榎本軍を脱走した３００人が、榎本の「遺言」に従って厚岸にたどり着き、阿寒の奥まで逃れて、まぼろしの共和国を創ったという「伝説」がある。実は榎本の本心も同じで、転向は偽装だった、というわけだ。

ここまではよくある話だろう。

３　ところが、榎本の「裏切り」を断罪するために結成された暗殺団の仕掛け人、元新選組・浅井の記録をもとに書いた旅館主の「手記」が、作者へ送られてくる。その内容は、あろうことかまったく予想外の結論をもたらした。

浅井が信奉する土方歳三によると、海軍榎本隊とその同調者である陸軍大鳥圭介隊は、はなから反薩長の奥州同盟軍を裏切る前提で蝦夷地を与えられたか、もしくは奥州を見殺しにして蝦夷地へ向かったか、のいずれかなのだという。だから榎本は許せない、暗殺だ、と主張する。

だが、榎本自身は戦後、獄中に潜入してきた暗殺者にあっさり表白する。それは、内戦を早期に終わらせるため、計画的に旧幕府軍を蝦夷へと敗走させたのであり、箱館戦争はその最後の大芝居で、すべては薩長政府でも徳川幕府でもなく「日本」のためだった、と。

安部公房（あべ・こうぼう）　大正13年3月7日～平成5年1月22日。東京・北区滝野川生まれ（本籍は旭川）、満州育ち。旧制成城高を出て、昭和18年に東大医学部に入学するも、同21年末まで主として満州に在住。昭和23年に東大を卒業するが、医者にはならず作家の道に入る。昭和26年、「壁　S・カルマ氏の犯罪」で芥川賞、同33年に戯曲『幽霊はここにいる』で岸田演劇賞、同38年に『砂の女』（昭和37年、新潮社）で読売文学賞をそれぞれ受賞。戦後純文学の旗手とみなされる。このほかの代表作に、『他人の顔』（昭和39年、講談社）、『燃えつきた地図』（昭和42年、新潮社）、『箱男』（昭和48年、新潮社）などがある。

かくして旅館主は自己合理化の材料を失い、手記を作者（安部）のもとに残し姿を消す。

榎本は敗者でも勝者でもなく、敗者を演じて勝者になった。だが、最も重要なのは、「昨日の忠誠を罪とするには、忠誠という概念それ自体を罪とする時代がやってこなければならない」という、作者の最後の言葉である。

3　佐々木譲『武《ぶ》揚《よう》伝』——なぜ「蝦夷独立」はならなかったのか

本書は文庫本で4冊、本文およそ1600ページにおよび、400字詰め原稿用紙に直すと2500枚になんなんとする、子母澤寛『勝海舟』、司馬遼太郎『竜馬がゆく』に匹敵する巨編である。

物語は、幼き日の主人公が父から地球儀を玩具として与えられるところからはじまる。若くして蝦夷・樺太巡視に随行し、「幕府＝日本」の海軍創生期にオランダへ長期留学する。そこで軍事だけでなく、政治外交ならびに実学を基本とする化学全般を専攻し、慶応3（1867）年に32歳で帰国。幕府海軍を一手に引き受け、薩長を中心とする「官軍」に最後まで対抗した、蝦夷島政府総裁の榎本武揚が投降するまでを追った半生記である。

全編をつらぬくテーマは、なぜ榎本武揚と彼の率いる海軍が蝦夷を目指したのか、目指さなければならなかったのか、だ。

答えは2つある。

一つ目はこうだ。極寒で不毛、生存不適な土地と思われていた蝦夷が、実は耕作可能で天然資源にも恵まれた新天地《ニューフロンティア》だった——若き日の蝦夷探検で得たこの実感が、

『武揚伝』　平成13年、中央公論新社から上下巻で刊行された。平成15年に中公文庫（全4巻）に収められた。

榎本の蝦夷「移住」という信念を最後まで支えたからである。

二つ目は、榎本の「蝦夷共和国」といわれるものが、日本からの独立運動ではなく、日本を共和国に変革する「前哨《あしがかり》」であったことにある。榎本こそ、唯一、真の民主日本変革への思想を持ち、それを行動で示した人物である。

この大胆かつ魅惑的な二つの解答は、果たして正鵠を得ているのか？　この作品を読み進める中で、常に作品世界に鳴り続けている通奏低音である。


佐々木譲はミステリで『エトロフ発緊急電』(平成元年)、スパイ小説で『ストックホルムの密使』(平成6年)、警官小説で『警官の血』(平成19年)という、それぞれのジャンルで「これ一冊」ともいうべき代表作を持つ。それに加えて、時代小説でもこの『武揚伝』という代表作を持つ、稀有な作家の一人である。

しかも『武揚伝』で描かれた榎本像は、子母澤寛や安部公房、また司馬遼太郎の与えたものとは異なる。そして、榎本の新しい像を創造したことによって、その舞台となった幕末維新の歴史像もまた、斬新かつのびやかなものになったといっていい。

北海道独立あるいは北海道共和国についてのプランは、現在なお語り継がれ、引き継がれている。が、むしろその多くは、陳腐なプラン、あえていえば「北海道はでっかいどー」と同じ線上にならぶ、自己愛過多の自慰行為に堕している感がある。しか

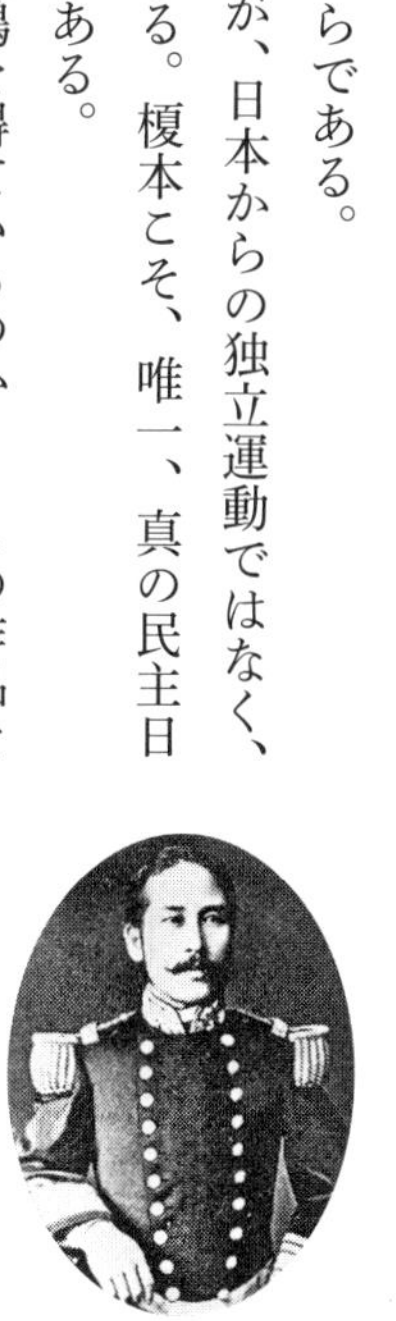

榎本武揚（えのもと・たけあき）　天保7～明治41年。幕臣、政治家。安政3（1856）年、長崎海軍伝習所に入所。オランダ留学をへて明治元年、海軍副総裁となる。江戸城開城後、官軍による軍艦の接収を拒否して、箱館で「蝦夷共和国」樹立を宣言。明治2年の箱館戦争で官軍に降伏し、戦後2年半の禁固をへて、開拓使に出仕する。明治7年、海軍中将兼駐露公使となり、翌年樺太・千島交換条約を締結。駐清公使をへて第1次伊藤内

し、榎本のプランは一味も二味も違う。

北海道独立のプランを描き、実現してみせようとした最初の人、それが榎本武揚である。そのプランは付け焼き刃ではなく、若き日に蝦夷から樺太までを探検旅行し、また長くヨーロッパ列強の中で独立を保ってきた小国オランダに留学した知識と体験にもとづくものであった。

幕末時代小説、それも北海道にとって特別で第一の意味を持つ人物こそ榎本武揚である、と著者とともに力説したい理由だ。

安部公房は自作で、反官軍の海・陸軍トップをそれぞれ務めた「非戦無敗」の榎本と「連戦連敗」の大鳥圭介を、実戦を知らぬ知識倒れの軍人として描いた。そして、勝海舟の腕の中にある榎本を、政治家としては二流、三流の人物にすぎなかったと記す。

この榎本像は、子母澤にしても司馬にしても概ね変わっていない。つまりは歴史の脇役であり、唯一主役を演じた蝦夷独立運動も「敗戦処理」にすぎなかったというわけだ。

対して佐々木は、武揚を留学帰りの新知識だけでなく、先進国の政治状況に関する深い認識に支えられた国家戦略を持ち、複雑な外交交渉力を身につけた人物と捉えた。西郷隆盛や木戸孝允に見られないような柔軟な思考力を持ち、勝海舟のような交渉

閣逓信相に就任以降、農商務相、文部相、外務相等を歴任した。（肖像は北海道大学附属図書館蔵）

技術だけの人とも違う、一流の政治家という側面をも併せ持った、剛直かつ柔軟な人物として幕末舞台に登場させているのである。

佐々木が描く榎本像を、箇条書きでまとめてみよう。

1　思想は開国派であり、自由と民主の共和派である。しかしれっきとした幕臣で、あくまでも徳川家と将軍の恩顧に報いようとする。そのため、共和と幕政を調整する手立てを求めようとするが、見つからない。（榎本最大のジレンマである。）

2　かつて攘夷をかざして幕府を苦しめた薩長官軍は、権力奪取だけを目指す暴徒に近い集団で、天皇の偽の勅命を利用して日本国家を私しようとしている。薩長政権にまかせては、日本に将来はない。徹底して戦うべきだ――これが榎本の時局判断だった。

3　強力な幕府海軍はいわば海上の「独立」国であり、制海権を握っている。しかし、幕府陸軍も親幕派軍（奥羽越列藩同盟）も、はやばやと投降した。ついに蝦夷ガ島に新天地（軍事基地）を求めた榎本軍は、生き延びるために日本政府・官軍に対抗する蝦夷自治国・反政府軍を立てざるをえなくなる。

4　とはいえ蝦夷ガ島は自治国として、数百万の人間が独立した政治・経済・生活を営むことが可能な豊かな天地である。全力をあげてこの新天地の統治と開発に当たろう。

大鳥圭介（おおとり・けいすけ）　天保4～明治44年。幕臣、官僚。漢学、蘭学、西洋兵学を修めたのち、幕府の鉄砲方付蘭書翻訳方出役となる。以後、幕府陸軍幹部の道を進むが、江戸開城に異を唱え、旧幕兵を率いて各地を転戦。榎本軍と合流し、「蝦夷共和国」で陸軍奉行となるが、箱館戦争で敗れ入獄。のちに開拓使出仕となり、大蔵少丞を務めた。（肖像は『幕末・明治・大正回顧八十年史』〈東洋文化協會〉から）

5　国際都市箱館と蝦夷ガ島を支配下におき、事実上の独立宣言を行い、入れ札で総裁《プレジデント》を選出。臨時政府の祖型を築くが、およそ6カ月でその命運は尽き、榎本の夢は潰えた。

だが、とわたしはブックガイドの本分を超えるような形で、反問しなければならない。

1　榎本は強力な幕府海軍を握りながら、それを反官軍戦闘に用いることなく温存策をとり、結果、旗艦開陽丸をはじめ艦船を次々に失い、決戦時には丸裸同然になった。

2　勝は恭順派、榎本は主戦派であった。だが、実際の榎本は一度も戦わない待機派で、次々と戦機・好機を逃がしていった。その結果が、蝦夷独立という思わざる「成果」を得ることになったのではないだろうか。つまり、軍人としては「無能」といわれても仕方がない。

3　外交官としては、幕府内でも官軍に対しても、諸外国の外交官に対しても、際だって優れた能力を発揮した。（のちの維新政府内でも抜群の外交能力を発揮した。）

4　政治家としては、留学からの帰国後にキャリアを積む期間が短すぎた。与えられた高地位（海軍副総裁）にふさわしい活躍はできたが、大局を読み政局を即断する

佐々木譲（ささき・じょう）昭和25年3月16日〜。夕張市生まれ。札幌月寒高卒。昭和54年、『鉄騎兵、跳んだ』（昭和55年、文藝春秋）でオール讀物新人賞を受賞しデビュー。北海道内に執筆拠点をおき、『エトロフ発緊急電』（平成元年、新潮社。日本推理作家協会賞長編部門・日本冒険小説協会大賞・山本周五郎賞）、『ストックホルムの密使』（平成6年、新潮社。日本冒険小説協会大賞）、『武揚伝』（新田次郎文学賞）で各賞を獲得。平成21年に『廃墟に乞う』（文藝春秋）で直木賞を受賞し、押しも押されもせぬ日本を代表する作家の道を歩んでいる。

岩倉具視や大久保利通、あるいは幕臣の小栗忠順のような手腕や決断力には欠けていた。

5　榎本は「共和」を唱えたが、日本国憲法まで続く「天皇」と「民主」が結合した維新の「世界史」的意味については、気づいていない。

つまりその政治思想も手腕も、モダニストの域を出ていないといわざるを得ないのではないだろうか。ないものねだりをいうようだが、これは佐々木『武揚伝』からも内在的に読み取ることができるように思う。

ただしこの反問は、佐々木の『武揚伝』の魅力を減じようという意趣から出たのではない。時代小説の面白さの一つに、読者が歴史と人物を読み取る能力を作家と競い合う、という側面があるからなのだ。作者はそういうが、わたしならこういいたい、という楽しみである。

コラム

開陽丸の謎――綱淵謙錠『航』

先の日米海戦で日本海軍がとった旗艦・艦隊温存、待機作戦と同じように、榎本艦隊がなぜ開陽丸をはじめとした艦隊の「温存」策をとったのか、そしていざ決戦というときにほとんど戦闘能力を発揮できなかったのか。

こうした疑問に答えようとするのが、綱淵謙錠『航』（昭和61年、新潮社）である。

榎本艦隊は海戦の経験もなく、航行・戦闘技術も稚拙であったといわざるをえない。これが綱淵の結論である。

その結論を引き取っていえば、その最大の責は指揮官としての榎本の能力にあった。もし開陽丸の舵が正常な状態だったとしても、おそらく榎本艦隊は海戦でも、陸への砲撃でも、さしたる効力を発揮し得なかったのではないのか。

もう一つ、綱淵はこの作品で、大坂城で徳川慶喜が残し、榎本が手にした「軍資金」18万両が、実はニセ金であったに違いない、と記している。

小説には「ｉｆ（イフ）」が許される。資金もなく、雑多な兵の集まりで、肝心要の海軍が木偶《でく》であったとしたなら、榎本反乱軍は戦う前から敗戦を余儀なくされていたことになる。なぜ、こんな無謀なことをあえてしたのか？　この疑問は残るけど。

4　三遊亭円朝「椿説《ちんせつ》蝦夷訛」——蝦夷・幕末時代小説かくはじまりき

三遊亭円朝は落語家じゃないか。なんで、北海道の幕末時代小説なんぞに関係あるの、というなかれ。『北海道文学全集』（昭和54〜56年、立風書房、全22巻＋別巻）の第1巻、第1作目に収録されているのが、三遊亭円朝の「椿説蝦夷訛」（合本、250枚余）なのだ。

実は円朝は、北海道に関する文学作品の劈頭を飾る作家であるだけではない。よく知られているように、彼の「噺《はなし》」は日本近代小説の「源流」の一つでもあるのだ。

その経緯を要約すると、円朝の落語噺が速記録となって新聞等で連載され、それが二葉亭四迷に影響を与え、「浮雲」の言文一致体を生むきっかけとなった、ということだ。いま少しいうと、その後、講談や弁論（演説）の速記本が読みものとして広く読者に迎えられ、大衆小説雑誌「講談倶楽部」（大日本雄辯會）へ、そして大衆時代小説へと成長していった。

「椿説蝦夷訛」は、円朝が井上馨や山県有朋の北海道視察（明治19年8月4日〜9月17日）に同行した時の見聞をもとにした作品である。函館、室蘭、札幌、小樽等々の

「椿説蝦夷訛」　明治26年、三遊屋から刊行（『北海道文学全集』第1巻〈昭和54年、立風書房〉所収）。初版は、国立国会図書館のウェブページ「近代デジタルライブラリー」（http://kindai.ndl.go.jp/）で読むことができる。（書影は国立国会図書館「近代デジタルライブラリー」から）

沿線の様子がつぶさに描かれた、北海道を舞台とするもっとも初期の小説なのだ。

この作品は、箱館戦争の遺児お嘉代の遍歴物語で、「蝦夷《えぞ》錦《にしき》古郷《こきょう》之《の》家土産《いえづと》」（明治21年）の「続編」という形を取っている。

前作となる「蝦夷錦」の筋立てはこうだ。安政の大地震（安政2年）で遭難したお録は、助けてくれた小屋者（被差別者）と相愛になり江戸を出奔するが死別。看護婦となって遍歴を重ねたのち、またもや小屋者に救われ、身分差別を乗り越えた2人が「新天地」蝦夷へと向かう。（これって、花村萬月の『私の庭』第1部「浅草篇」のテーマと軌を一にしているではないか。古くて新しいテーマなのだ。）

その続編となる「蝦夷訛」は、箱館戦争から始まる。五稜郭の戦いに旧幕府軍として加わっていた室田は、そのさなかに隊長から遺児を託されて敗走し、七重の尼寺一行庵に匿われ、東京に戻ることができた。この遺児こそが物語のヒロインで、やがて美貌の女性へと成長するお嘉代である。

室田は養女に欲情を抱き、結婚を迫るが、その魔手からお嘉代はからくも逃れ、男の手を借りて再び北海道に渡る。函館、登別、札幌、室蘭等を転々としたのち、七重の一行庵で剃髪して尼となり、諸国修行ののちこの庵で往生する。26歳であった。

ここで、「蝦夷錦」と「蝦夷訛」のつながりを略記しておこう。

1 「蝦夷錦」のお録は、筑波の天狗党の乱に巻き込まれた際、室田に助けられて

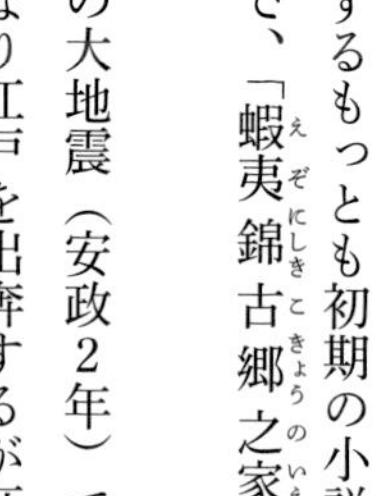

三遊亭円朝（さんゆうてい・えんちょう） 天保10～明治33年。幕末・明治期の落語家。初代・橘屋円太郎の息子として江戸・湯島に生まれる。9歳で父の師である2代目三遊亭円生に入門。一時廃業し、歌川国芳の内弟子として浮世絵を学ぶが、安政2年に復帰して円朝に改名。創作を志して三題噺を創るなどするも、維新後は素噺に転向した。なお、落語家の大名跡のうち、現在も継がれていないのは円朝だけとなった。（肖像は『日本肖像大

一行庵に行き着き、妙林尼となる。
2　お嘉代が髪を下ろし春声尼となった一行庵こそ、お嘉代が1歳の時に命を救われた「出発地」であった。
この2編、成仏往生で終わる遍歴物語かというと、まったくそうではない。
3　女も男も苛酷な人生を生き抜くためには、欺し、裏切り、変節自由の世の中を生きる。男性遍歴を重ねるお録も、お嘉代も例外ではない。百の極悪の中に一の真善がある、これが円朝噺の本筋であり、独特の勧善懲悪の世界だろう。

時代小説として「蝦夷訛」が興味深い点は、明治初期の北海道の町や土地が次々に登場することだ。わたしの生まれ故郷、厚別＝厚志別も、隣の野幌や島松も出てくる。（わたしの記憶にも残っているかに思える）丘珠から島松までの道を、お嘉代が馬の背に揺られ通りすぎてゆくのだから、描写は簡単ながらたまらない。「わが故郷ここにあり」を発見するのもまた、時代小説を読む醍醐味の一つだろう。

事典〈中巻〉』〈平成9年、日本図書センター〉から）

5　丹羽文雄「暁闇《ぎょうあん》」――時代小説は「現代」を映す

これまでに数多くの作家たちが北海道を訪れ、北海道を材にして小説を書いてきた。その多くは「旅行記」の類で、時代小説とりわけ幕末ものを書き残した人は少ない。

そんな中で、丹羽文雄の「暁闇」（88枚）は、慶応4（1868）年4月に起こった「穂足内《おたるない》（小樽）騒動」の顛末を、作者の梶（モデルは丹羽自身で、自分を風俗小説家と記している）とその友人で案内役の郷土史家・永田を絡ませて描いた、よくあるタイプの取材旅行小説だ。

とはいえ、発表された当時の「時局」が日米開戦直前だったことを考えると、見すごすことのできない意味を持つ時代小説でもある。

江戸期から作品が発表された昭和16年現在まで、樺太は日本の生命線だ、北海道の文化は西洋文化と日本文化の真の統合だ、と説く「北進」論者で北海道中心主義者の永田。これに対して梶は、北海道開発は失敗した西欧化の結果であり、むしろ「南進」論の中に西洋文化の「超克」を見いだそうとしている。

こうした大風呂敷とも思える時局の対立軸の中に穂足内騒動をおいてみると、その顛末はいかにもあっけないように思える。

「暁闇」　「中央公論」昭和16年8月号に掲載。その翌年、大観堂書店から刊行の『勤王届出』に収められた（『北海道文学全集』第12巻〈昭和56年、立風書房〉所収）。同書は、穂足内騒動が発生した小樽の市立小樽図書館に収蔵されている。

穂足内騒動　慶応4年、博徒の扇動により、数百人の群衆が穂足内（小樽）役所を襲撃し、武器や金品を強奪した。

騒動の起きた慶応4年は、徳川から薩長へと政権が移行する「空白」期である。

大多数の住民、大衆にとっては、「ほまち《サイドビジネス》」を黙認された商人による「場所」（交易所）支配が消えてゆき、「法」（公権力）をたてに幕吏（小役人）が威張りちらし、すべての働きに否も応もなく税を課し、徴収する支配が残った。この苛政こそが、「空白」期に特有な騒動の底流にあった「普遍」的な意味である。

こうした住民の不満が騒動に発展する。暴徒と化した一揆衆は村役人の屋敷を襲い、飲み食いをしたあげく逃亡。彼らは追捕され、あるものは獄門に処せられた。

作品では、住民の不満を騒動へと誘導した、食い詰め浪人や博徒たちの言動を拾い集め、幕吏の記録以外には跡形もなく消えてしまった騒動の実態を掘り起こしている。

この時代小説には奇妙な点がある。

作品は、慶応2年11月に「樺太を放擲するな」と箱館奉行に上申したあと、五稜郭の濠で水死した幕吏の荒井金助（「石狩の地、他日必ず一都府となり、天皇の臨幸を仰ぐべし」と語った勤王攘夷論者で北海道至上主義者）の思想を、「穂足内騒動」の火付け役になった2人の浪人が受け継いでいる、という筋立てではじまる。

にもかかわらず、「史料」の不足からか、作者の熱意のなさからか、作品の中で荒井の考えはほとんど展開されていないのだ。

しかしこの奇妙さは、作品そのものにあるのではなく、発表当時の国論が「北進」（対

荒井金助（あらい・きんすけ）　文化5～慶応2年。幕吏。安政4年、箱館奉行支配調役並を命ぜられ石狩場所に着任。7年間の在任中に数々の「改革」を実行した。文久3年、箱館の沖口係となり、石狩を去る。慶応2年、五稜郭で濠に落ち死亡。（肖像は石狩市・弁天歴史公園「先人たちの碑」から）

ロシア主戦）論から「南進」（対シナ戦線拡大）論に転換した「時局」の中にこそある。時代小説は常に「現代（を映す）小説」でもあるという意味を、この作品から読み取るべきだろう。

丹羽文雄（にわ・ふみお）
明治37年11月22日～平成17年4月20日。三重・四日市の寺に生まれる。富田中、早稲田高等学院をへて、早稲田大学文学部国文科を卒業。いったん僧籍に入るが、昭和9年「中央公論」に掲載された「贅肉」でデビュー。終始文壇の中央に位置し、多くの作品を残した。代表作に、『厭がらせの年齢』（昭和23年、新潮文庫）やライフワークともいうべき大作『親鸞』（昭和44年、新潮社）、『蓮如』全8巻（昭和57～58年、中央公論社）がある。

6　蜂谷涼『へび女房』——巧みにエピソードを嵌め込んで

　蜂谷涼は「新鋭」であり、その中で最も期待される大型時代小説作家である。小樽生まれの小樽在住で、一作ごと着実に力をつけてきた。

　蜂谷は、史実や新史料を前面に出して書くタイプの作家ではない。また、藤沢周平の伝に倣う北原亞以子や宮部みゆきのような、独特の情緒とストーリーの巧みさを特徴とする作家とも違っている。

　しかしながら、名手と評判の高い諸田玲子（吉川英治文学新人賞、新田次郎文学賞を受賞）に比しても語りがうまく、エピソードに類する小さな「史実」の嵌《は》め込み具合が巧妙なのだ。期待されるゆえんである。

　たとえば『へび女房』である。4編からなる「中編」集で、いずれも明治政府の高官が登場する。表題の「へび女房」（１１８枚）では黒田清隆を、「雷獣」（１０６枚）では黒田の畏友ともいうべき榎本武揚を主人公にしている。

　作者はこの2人を、箱館戦争で闘った敵味方として描くわけではない。榎本の助命嘆願に回った黒田は、榎本を開拓使の高官に迎え、閣僚に抜擢する。榎本の方も、西南戦争で西郷隆盛を失った薩閥の長《トップ》として苦悩する黒田を、陰日向なく支え続ける。

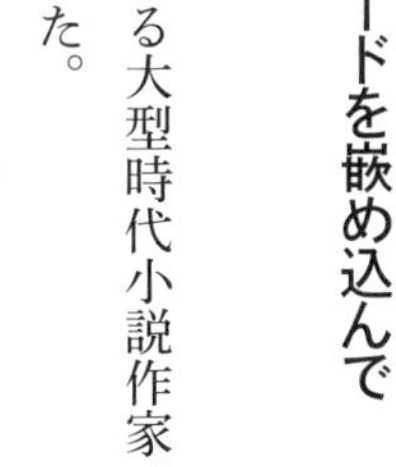

『へび女房』　平成19年に文藝春秋から刊行され、同23年、文春文庫に収められた。

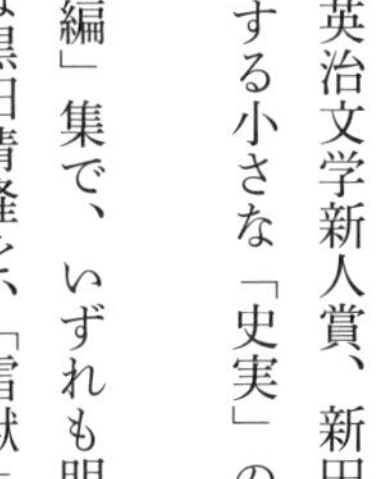

黒田清隆（くろだ・きよたか）　天保11～明治33年。政治家。薩摩藩出身。薩長同盟の成立につくし、戊辰戦争では五稜郭の戦いを指揮。維新後は、開

そして、ついにはお互いの子どもを夫婦にして血縁関係を結ぶという、2人の長くて微妙な人間関係の綾をほのかににおわせてみせるのだ。

しかも、それでいて2人の関係の心底には、越えるに越えられない「垣根」があることもうかがわせるあたり、実に巧みである。

時代小説とは、歴史のほんのひとコマを取り出す呼吸を知り、当の時代を生きる人間たちの光芒、明暗を鮮やかに掬《すく》い出してみせる、魔法のような凄腕を発揮する作家たちの檜舞台だ。そんな舞台が、蜂谷にはふさわしい。

拓長官として北海道経営にあたる。明治14年の政変により開拓長官を辞任。第1次伊藤内閣の農商務相をつとめたのち首相となった。（肖像は北海道大学附属図書館蔵、『明治大正期の北海道〈写真編〉』からの転載）

蜂谷涼（はちや・りょう） 昭和36年～。小樽生まれ。小樽商大短期大学部を卒業後、シナリオライターから作家への道を進む。北海道を舞台にした作品に『蛍火』（平成16年、講談社）、『雪えくぼ』（平成18年、新潮社）がある。『舞灯籠　京都上七軒幕末手控え』（平成22年、新潮社）等の作品とともに、新作にも注目したい。

エッセイ

「幻」の北海道独立論

蝦夷・北海道といえば、「独立国」論が江戸期から今日までずっと絶えたことがない。そもそも蝦夷島は、津軽海峡によって本州・九州・四国から分離・孤立した、異地＝異国である。

応仁の乱をへて、日本各地に幕府からも朝廷からも相対的に独立した「分国領主＝大名」が生まれた。松前藩もその一つである。Ⅶ章で紹介する、札幌出身の土居良一『海翁伝』（平成24年、講談社文庫）は、その松前藩誕生の物語である。

小樽出身の夏堀正元《なつぼりまさもと》（大正14～平成11年）の長編『蝦夷国まぼろし』（平成7年、光文社）は、松前藩改革派がアイヌやキリシタンと共同して蝦夷独立をはかろうという物語である。また、同じく夏堀の『幻の北海道共和国』（昭和47年、講談社）は、旧幕臣が榎本武揚「蝦夷共和国」のミニ版を実践するという物語である。

幕末の蝦夷独立論には、本書でも示したように、安部公房、佐々木譲、吉村昭、北方謙三、富樫倫太郎等々による、アイヌ、水戸藩、朝廷、榎本武揚、旧幕臣、フランス人軍事顧問等々が試みようとしたさまざまな蝦夷独立論がある。そのどれも実を結ぶことのない、むなしい「幻想」に終わった。幸いであった。

明治以降も、北海道独立論は今日にいたるまで絶えたことがない。しかし、「反」中央権力で北海道が日本から独立するという議論の実体は、そのほとんどが沖縄独立と同じように、「もっと援助を！」という中央依存《パラサイト》の変形にすぎないように思える。

正確には、中央依存にがんじがらめになっている現状を少しでも緩和したいという、願望の現れに思えてならないのだ。

そんな中で最も危険だったのは、旧ソ連（ソビエト社会主義共和国連邦）が北海道を「占領」、あるいはその半分を「領有」し、北海道が社会主義国になればいいという、戦後に生じた願望であった。北海道が「夢の楽園」北朝鮮と同じようになる、という幻想である。

明治14年、明治政府は開拓使の廃止にともない、ただ同然で「官有物」を一括払い下げる決定をした。ところがマスコミから激しい批判にさらされ、また政府内の権力争いのあおりを食らって、閣議決定は撤回された。私見では、これが北海道の民活＝民間の自立力を削ぎ、中央依存の体質を固定化した重大地点と思えるが、どうだろうか。

北海道独立はそんなに難しいことではない。地方交付金や北海道「開発」予算という中央政府からの紐つきを断てばいいのだ。寄生体質を治癒し、自立自存する、これが北海道独立の要であり、出発点だ。

そんなんじゃ、北海道はかえって衰弱するじゃないか——そういいたいなら、独立論など振り回さない方がいい。

III

北辺の防備とアイヌ

江戸幕府は、領土拡張をはかる大国ロシアとの間に、アイヌが先住する北蝦夷＝樺太（サハリン）や千島で深刻な領土問題を抱えていた。その問題の一部に、いずれの国がアイヌを「帰属」させるかという問題が横たわっていたのである。アイヌ問題と領土問題は、根本で絡み合っていたのだ。

はやくから蝦夷は、箱館と江差を中心に本土と交易を行っていた。幕府は松前藩に蝦夷支配の権限を委ねてきたが、松前藩だけでは対ロシア、対アイヌ問題を処理できないため、一時、蝦夷を直轄化。松前奉行をおき、東北雄藩に北方防衛を委ねた。こうした複雑に絡み合う北方の防備・領土とアイヌ問題は、貿易独占とキリシタン禁止を国是とする江戸幕府が、幕末まで持ち越してきた最大の難点でもあった。

そのため、幕末の蝦夷を扱う時代小説には必ずといってよいほど、大なり小なり北辺の防備とアイヌ問題が絡んでくる。ここでは、この2つの問題を正面から取りあげた作品を紹介する。

なお、蝦夷には古くからアイヌ＝蝦夷人が先住していたが、本書では和人＝日本人が領土意識を持って住むようになる、江戸期以降を舞台にした時代小説にかぎっている。

1　原田康子『風の砦』——北辺の防備にまつわる人間ドラマ

大ベストセラーとなった『挽歌』（昭和31年）で文壇にデビューし、終生、北海道在住を貫き通しながら数々の名作を残した原田康子。彼女が最初に書いた長編時代小説が、北海道の北辺、宗谷を舞台にした長編『風の砦』（１２３０枚）である。

時代背景はこうだ。日米和親条約が結ばれた直後、幕府は蝦夷を箱館奉行の指揮下におく。松前藩からは北方防備と蝦夷人支配の権限のほとんどを取りあげ、代わって仙台、秋田、弘前、盛岡の東北四藩にそれが与えられた。これにより秋田佐竹藩は、積丹半島の神威岬から知床半島の突端までという長大な蝦夷地北半分の沿岸と、北蝦夷＝樺太の警備を引き受けねばならなくなる。もちろんこの権限委譲は、秋田藩に膨大な人員と出費を強いた。しかも蝦夷全体には、松前藩によるアイヌ蛮行支配と「場所請負制」による豪商支配が、強固に残っていたのだ。以下、梗概を記す。

１　行けば生きて帰れないかもしれない極寒の地で生き延びる——これがこの作品のテーマだ。１年目の冬、警護に送り込まれた80名中、22名が寒さと野菜不足のために命を失う。この対策を一体どうするのか。同時に、蝦夷は不毛の地ではなく、宗谷でも紋別でも野菜が育ち、農耕が可能だという実例を、かいま見られる。

『風の砦』「北海道新聞」日曜版（昭和46年2月〜同47年4月）で、59回にわたり連載。昭和58年、新潮社から上下巻で刊行された。

2　秋田藩士の誰もが尻込みする中で、蝦夷地行きを強く志願した男がいた。徒士目付の古島香織（26歳）で、この物語の第1主人公である。古島家に婿養子に入った香織には、新婚初夜から不可解にもおのれを拒否する新妻・菊との、苦しい関係から逃れたいという理由があった。もう一人の主人公は、香織と同じ歳で大筒方の亘理《わたり》運平である。砲台建設を受け持つ角館城代の家来で、剛剣の持ち主だ。

3　香織たちの任地の宗谷は重要な「場所」で、集落１３０戸、およそ６００人の蝦夷人が住む。そこには箱館奉行の宗谷役所があり、その長・助川惣三郎が妻ゆうと子どもをともない赴任してきた。香織はこのゆうとわりない仲になってしまい、それから逃れるために長期の北蝦夷（樺太）巡察を志願する。一方、運平はアイヌ娘ショルラと恋仲になり、娘を愛するアイヌ青年シセクとの間に命懸けの争いが生じる。さらに香織と運平の間にも、愛をめぐる隠された諍《いさか》いの種があった。この濃密に絡まった恋の行方は、というのが作品の大筋で、原田お得意の恋愛小説でもあるのだ。

4　同時に、この作品は最初から最後まで北方防備をテーマとする。幕吏と秋田藩士、商人とその使用人、アイヌとロシア人、それにその集団と家族たちの相克と友愛を、生と死を、美しくも哀しいタッチで描く人間ドラマである。

作者は、宗谷への2年と北蝦夷への2カ月の「逃避」が、香織にとって妻との和解、人妻ゆうとの融和に必要な時間であることを知らせて、物語を終える。

原田康子（はらだ・やすこ）　昭和3年1月12日～平成21年10月20日。東京に生まれ、1歳で釧路に移住。釧路高女を卒業後、釧路新聞社に入り記者となる。霧の街・釧路を舞台にした悲恋『挽歌』（昭和31年、東都書房）で文壇デビューし、映画化もされる大ベストセラーとなった。北海道在住を通した数少ない作家の一人で、最後の長編となった『海霧』上下巻（平成14年、講談社）は、釧路を舞台に自家の歴史をモデルにした、祖母、母、娘の3代記である。映画、将棋、競馬好きで知られ、気取りのない洒脱な人であった。

コラム

時代小説の「文体」

原田康子が書く『風の砦』などの時代小説は、どれも読みやすい。現代文を読むのとほとんど変わりなく読み、解することができる。原田康子が書く時代小説の文章は、『挽歌』や『海霧』と地続きなのだ。

そもそも時代小説は、大衆＝多数者が読む文学であり、言文一致を基本とする「文体」ではじまった。

封建期に特有な武家や百姓の、あるいはその地方に特有な言葉使い（「方言」）を主体とする文章では、多くの人に幅広く読まれることは難しい。おのずと作家は、「現代」語に近い「時代」語を駆使しなければならない。

自作を「大衆文学に非ず」と自ら断じた中里介山の幕末時代小説『大菩薩峠』が「です」「ます」調であり、子母澤寛の『新選組始末記』が「聞き書き」である理由の一つだ。

この事情は、とりわけ文語体がほとんど消えてなくなった敗戦後の社会で、時代小説を書く作家の通念になったと思っていい。

津本陽の『下天は夢か』は、尾張「弁」を使う信長で一世を風靡した。が、あくまでも「尾張」調にすぎないのである。

2 綱淵謙錠『狄《てき》』——樺太領有興亡史が生んだ「流民」

樺太で生まれ育った綱淵謙錠は、最後の首斬り浅右衛門を材にした『斬』（昭和47年）で直木賞をとった特異な作家である。その特異点をあげてみよう。

1　主要な作品名が音読みの「一字」である。

2　歴史書＝記録と見まがうばかりの作品が多い。本書『狄』（418枚）もその一つだ。もちろん時代小説である。どう書いてもかまわないわけだが。

3　敗戦で故郷を失い、家族離散となった綱淵は、「流民」である。彼の作品の主人公たちも同類で、『狄』でも同様だ。『朔《さく》』『怯《きょう》』『濤《とう》』などと併せて読めば、樺太や日本固有の領土である択捉、さらには千島列島最北端の占守島《しゅむしゅ》を舞台にした、日露領土問題における歴史経過の全貌が浮かび上がってくるだろう。

『狄』は歴史書に近いと述べた。しかし、小説家が書いた時代小説（フィクション）であり、勝者の歴史＝正史とは異なる。そもそも歴史書にも作者がいるわけで、書かれたもの＝「かれ」の物語（his-story）となる。違いこそ大小あるが、どちらもつまりは作者が書いたもの《フィクション》なのだ。

『狄』「別冊文藝春秋」121〜125号（昭和47年9月〜同48年9月）で連載。昭和49年、文藝春秋から刊行され、昭和54年、中公文庫に収められた。

『狄』の主な舞台は北蝦夷＝樺太で、ときは明治新政府成立直後の混乱期だ。とくに蝦夷＝北海道は、榎本武揚をリーダーとする旧幕軍＝箱館臨時自治政府に半年ものあいだ占拠され、二重の権力（半無政府）のもとにおかれていた。

この機に乗じて領土拡大を目指すロシアは、強力な「軍」を後ろ盾に樺太へ侵出。先住するアイヌの居住地はもとより、政府支所、漁民や移住者の拠点港、漁場を武力占拠しはじめる。これは、箱館戦争の負の遺産といえるだろう。

樺太をめぐる日露の領土問題は、日露和親条約（安政元年）でも未決、再交渉となり、慶応3年の交渉で「仮規定」＝「雑居」となる。が、大前提となったのは双方の権利を侵害しないという点だった。

しかし、友好と法令を盾に交渉に臨んだ明治政府の派遣役人は、軍事力を背景に持たないがゆえに、ロシアの非友好的な蛮行に劣勢を余儀なくされる。

そんな中で、箱館裁判所から樺太全島の事務を任された岡本監輔（権判事）は、「談判」で劣勢を跳ね返そうとした。岡本は樺太全沿岸をはじめて踏破した探検家であり、樺太は北海道防衛の生命線であると主張した樺太主義者である。

新政府は明治2年、ロシアとの交渉に岡本と意を同じくする外務大丞《だいじょう》（次官補）の丸山作楽《さくら》を起用し、事態の打開に当たらせた。

ところが、ロシア側は暖簾に腕押しで、ついに日本の拠点港であった函泊《はつことまり》に軍船を

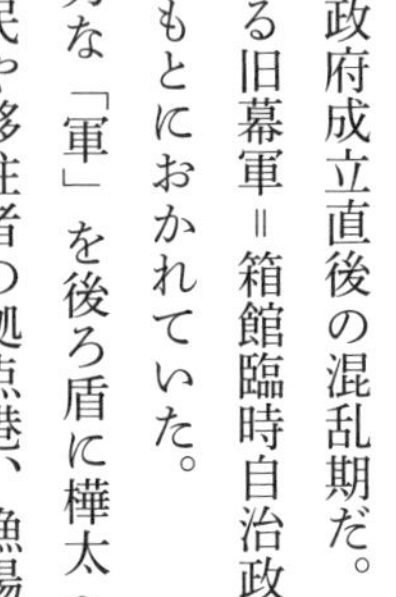

岡本監輔（おかもと・けんすけ）　天保10～明治37年。探検家、官吏。阿波（徳島県）の医薬家に生まれる。慶応元年、樺太1周に成功。明治元年、箱館府権判事となり、樺太全島の事務を委任される。明治2年、開拓判官になるが、政府の樺太政策に不満を抱き辞任。のちに一高講師、台湾総督府国語学校教授などを歴任した。（肖像は北海道大学附属図書館蔵、『明治大正期の北海道〈写真編〉』からの転載）

乗りつけると、アイヌの墳墓を破壊して道路を造り、漁民の倉庫を焼き、ロシア新港を築きはじめた。「雑居」を口実に、武力を背景に、既成事実をつくって占拠する実効支配＝占領、これがロシア式である。

翌年1月、丸山大丞は急遽樺太を離れて上京し、樺太の惨状を訴え、救援要員を派遣して樺太問題の根本的解決を政府上層部に執拗に迫るが、ときすでに遅かった。丸山ら樺太主義者は解任されてしまう。

同年5月、新政府は樺太保有消極論者で知られる黒田清隆を、開拓次官（＝樺太専務）に任じる。これは、外務省の施策を左右する力があった、イギリス公使パークスの「助言」に従っての方針転換だった。

それは、樺太領有にエネルギーをつぎ込んでも結果的に樺太を失う可能性があることから、北海道防備と開拓にエネルギーを費やす方が上策である、というものだった。かくして樺太は「放棄」され、明治8年の樺太・千島交換条約へと一挙になだれ打っていく。

これだけならば、日露の樺太領有をめぐる興亡史のアウトラインに思えるだろう。だが、そうではない。本書は小説である。形の上でいえば3人の主人公、「流民」がいる。

新選組を脱走した池田俊太郎がメインで、偽官軍の汚名をきせられた赤報隊の生き

綱淵謙錠（つなぶち・けんじょう）　大正13年9月21日～平成8年4月14日。樺太の西海岸に位置する登富津（とふつ）という寒村に生まれる。真岡中をへて、旧制新潟高在学中の昭和20年に召集、敗戦を旭川で迎える。戦後、家族は「流民」となり、父は郷里で、母と妹は函館で亡くなる。苦学の末、昭和28年に東大英文科を卒業し、中央公論社に入社。昭和46年に退社後、翌年『斬』で文壇デビューを果たす。地味ながら重厚な、長短あわせて48編におよぶ一字題名の作品を残した。また、『幕臣列伝』（昭和56年、中央公論社）や『歴史と人生と』（昭和51年、中央公論社）等の歴史エッセイは、歴史通をうならせるにたる作だ。

残りで妙剣を操る桑原信三郎、それに彰義隊敗残兵の関口米二郎である。彼らは「維新」によって流民となり、樺太まで逃れてきた。その樺太で、政府官吏、漁民、アイヌとの新しい人間関係を築きつつあったが、新政府の樺太放棄政策によって再び流民の運命を背負わされ、樺太と同じようにロシア軍に踏みつぶされていったのである。

この作品のヒューマン・ドキュメンタリーの側面である。

3　村上元三「蝦夷日誌」と『颶《ぐ》風《ふう》の門』――蝦夷開拓の本道とは

村上元三は山本周五郎とならぶ、時代小説の第2世代に属するトップリーダーの一人である。その村上には、幕末の蝦夷を舞台にしたいくつかの小説がある。というのも、村上は10歳のときに樺太で2年間、20歳のときに岩見沢で2年間、それぞれ暮らした経験を持つ。北海道とは浅からぬ縁があるのだ。

「蝦夷日誌」は短編（50枚強）である。

厚岸「会所」（文化4〈１８０７〉年、幕府による蝦夷地直轄の際、請負制の「場」を仕切る運上屋をこの名に改めた）元締めとして、幕府松前奉行から派遣された直参下級武士が主人公である。小説は、蝦夷防備やアイヌ統治にだけ注目が集まる中、誰も手をつけようとしない蝦夷「開発」を目指して苦悩する、青年武士の日々を綴った日記体をとる。村上の文壇デビュー作（直木賞候補）でもあるのだ。

北方防備の要所である厚岸は、牡蠣採取を主体とする漁業の中心地で、古くから牡蠣に依存して生きる蝦夷人が多く住んでいた。その防備を任されたのが、太閤秀吉の小田原征伐以来反目の続く津軽・南部両藩である。ここは、箱館に本店を持つ高田屋が会所事業を請け負い、牡蠣の独占採集をはかっていた。先住の蝦夷人は両藩士から

「蝦夷日誌」と『颶風の門』
「蝦夷日誌」は「大衆文芸」昭和10年5月号に掲載された（『北海道文学全集』第12巻に所収）。『颶風の門』は昭和16年、墨水書房から刊行され、昭和26年、春陽文庫に収められた。

虐待を受け、高田屋にも生活の基盤を侵されるなど、存続の危機に瀕していた。

ときは、幕府が蝦夷を直轄化した19世紀の初期で、苦悩する元締めの尾形康次郎が、防備隊を反目する両藩から仙台藩に替え、蝦夷人の協力を得て、森林伐採をはじめとする農耕開拓に光明を見つけようとするところで終わる。

一方の『颶風の門』は、長編（1100枚余）だ。

徳川治世下で転変をきわめた蝦夷「開発」をめぐる、南部・別所家と津軽・櫟《くぬぎ》家との3代にわたり死を賭して続いた、角逐と和解の一大歴史ロマンである。同時に、和人の別所家がアイヌに同化して、石狩の対雁で北海道開拓の最前線に立つという最終テーマを持った小説である。

1　幕府は松前藩の失政（苛酷なアイヌ支配と北方防備の失敗）を理由に、蝦夷地を直轄にするが、蝦夷地経営の実は上がらず、再び松前藩に蝦夷地支配を戻す。

老中水野、松前、津軽・櫟という蝦夷経営の「主流」派は、財政赤字を補填するために、蝦夷地の「金」採掘を目指した。いわば略奪経済だ。これに対して、水戸斉昭、南部・別所の「傍流」は、資源豊かな蝦夷の自給自足を目指し、とりわけ日高の沙流川河口に地を求めて蝦夷人と協調し、大地に鍬を入れはじめたのである。

両派の争いは江戸から始まり、最後には択捉《えとろふ》でクライマックスに達する。櫟派が金採掘に成功したと思えたとき、別所隊の反撃と大地震、さらにはロシアの裏切りによって「金」は水泡に帰し、別所式之助の弟、當馬がロシア船もろとも爆死する。ここまでが第1部だ。

2　慶応3年、櫟派の福間と、かつて別所式之助の思われ人であった菅江の子である庫之助が、樺太国境交渉で随員として渡露した際、ヤマトフ（ヤマトヴィッチ）と名のる日本人に出会う。彼こそ、択捉で爆死したと思われていた當馬で、妻との間に息子辰馬が残されていた。

明治維新で南部藩は賊軍となるが、沙流川河口に入植した別所式之助は、ビラトリの大酋長となっている。以上が幕間だ。

3　時代の変化の波は、維新の勝ち組である津軽藩士にも厳しかった。福間夫婦が音頭を取って、ビラトリの近くに屯田兵として元藩士たちが移住してくる。同道した櫟家の当主左市郎、彦一郎親子の一念は、別所一族への復讐に凝り固まっていた。左市郎はたまたま、別所式之助の長男で大酋長の後継者となる息子を、誤って銃で撃ち殺してしまうが、それでも腹の虫はおさまらない。

明治8年、樺太・千島交換条約が成立した。後継者を失った別所式之助は大酋長の地位を返上し、樺太に渡って８４０人のアイヌの引き揚げに成功。彼らと石狩の対雁に入植する。彼の「夢」はついに実現を見たのである。

村上元三（むらかみ・げんぞう）　明治43年3月14日～平成18年4月3日。朝鮮・元山で生まれる。父（郵便局勤務）の転勤で、京城、大阪、樺太等をへて東京へ。青山学院中卒。職を転々としたのち、長谷川伸門下生となり、『上総風土記』（昭和16年、新小説社）で直木賞受賞。以降、時代小説に新風を吹きこみ、長谷川道場の師範代を務めながら後進を励ました。代表作に、吉川武蔵に対する村上小次郎と称される『佐々木小次郎』（昭和25年～同26年、朝日新聞社）やクールな（にすぎた）政治家『田沼意次』（昭和60年、毎日新聞社）がある。

また、左市郎の復讐の念は、彼の孫娘を山火事から救ったヤマトヴィッチこと當馬の命を賭けた行為により氷解。古くは太閤秀吉の小田原征伐に端を発する、南部と津軽の血で血を洗う対立は、明治10年の西南戦争に出征する別所辰馬、櫟彦一郎、福間庫之助の出立で幕を閉じるのだった。

　蝦夷地が自給自足できるまでは、この先数十年、いや百年の年月を要するかも知れぬ。

という別所式之助の予言が、ここに結実したのである

以上の紹介からもわかるように本書は、別所・櫟両家の蝦夷、北海道経営をめぐる抗争を主軸に、江戸幕府による蝦夷経営の「負」の側面と、明治政府による開拓事業の「正」の側面を際だたせるよう描かれている。日米開戦前に刊行されたという時局の影響もあるのだろう。

しかし、「正史」の中にある負の側面を強調するあまり、正の側面を無視してしまうのもまた、片手落ちに違いない。力作である本書が、長く読書界から無視されてよいわけではないといわんがためにも、あえてこう注記する。

コラム

ロシアに脱国した日本の「密偵」

　幕末、ロシアは日本の漂流民、拿捕者、捕虜等を利用するのに長けていた。通詞や捕虜交換人に仕立てるなどして、交渉を有利にしようとしたのだ。本書が紹介する時代小説に何度も登場する、五郎治などがその最たる例である。この点で、ロシアは日本よりも巧みだった。

　ただし、外国への渡航が国禁であった時代に、日本人にもこの禁を破る者がいた。新島襄もその一人で、元治元（１８６４）年、坂本龍馬のイトコである沢辺琢磨の手引きで箱館からアメリカに密航した。襄は、アマースト大学でクラーク博士に化学を習い、博士が札幌農学校にやってくる機縁をつくった。

　襄の密航より10年ほどはやい安政2（１８５５）年には、元掛川藩士橘耕斎（増田甲斎）が、下田で日露和親条約を結んで帰国するロシア全権団の第3陣にまぎれこんで、伊豆の戸田《へだ》港から密かにロシアへ向けて脱国した。この耕斎こそ、村上元三の『颶風の門』に顔を出すヤマトフである。

　しかし、ヤマトフは村上の創作とは違い、元掛川藩主で老中だった太田資始《すけもと》の密命を帯びてロシアに潜入した「二重」スパイであった。

　福沢諭吉は遣欧使節の一員としてロシアに行ったとき、「ヤマトフ」という謎の日本人がいることを知り、会おうとしたが果たせなかった、とその「自伝」に記している。

　ヤマトフこと橘耕斎は、最初の露日辞典の共編者となり、ロシア・アジア局の官吏となって、のちに岩倉具視や榎本武揚の尽力により日本に帰国した人物だ。評伝については「小説」より面白い（？）、木村勝美『日露外交の先駆者　増田甲斎』（平成5年、潮出版社）がある。

Ⅳ

開拓の礎――流離と新天地

蝦夷・北海道は、南下するロシアの脅威から日本を守る前線基地である。これはいまも昔も変わらない。また、蝦夷人が先住する地に、「新天地」と称して古くから交易を中心に日本人が入り込んでいた。

だが、松前藩が蝦夷支配のために広めた、「蝦夷＝厳寒・不毛の地」という風説がまかり通った結果、採取・狩猟・採掘という事業が主流となったため、農業生産が本格化するのは維新以降になってからだった。蝦夷・北海道がニューフロンティアといわれながら、本格的な拓殖＝移住開拓事業をテーマとする時代小説が少ない原因である。

もちろん江戸期に移住し、開拓に斧と鍬を振るった者がいなかったわけではない。こうした例は、樺太にまでおよんでいる。しかし、そのほとんどは成果を見ぬままに頓挫した。そんな開拓をモデルにした時代小説を紹介しよう。

1　船山馨『お登勢《とせ》』――馬産地「静内」前史

札幌に生まれた船山馨の代表作『石狩平野』は、新潟から北海道に移住し、明治、大正、昭和にかけて苦闘の中で生き抜いた女性の一代記で、日本・北海道版『風と共に去りぬ』ともいうべき作品である。この作品でついに船山は、ベストセラー作家の仲間入りを果たしている。

これに勢いを得た船山は、静内開拓団を主題にした『お登勢』を書く。ヒロインは2人、お登勢（女中）と志津（主家の娘）である。2人は光と陰ともいえる、対照的な存在だ。

作品は3部に分かれている。

第1部の舞台は、徳島・阿波藩（蜂須賀）と淡路島・洲本支藩（城代稲田）である。

幕末、同じ阿波藩でありながら、阿波は佐幕、洲本は勤王の旗を立てて抗争した。この対立の根底にあるのは、長きにわたって続いた本藩・藩士（直臣）による、支藩・藩士（陪臣）への強圧、搾取と差別、侮蔑だった。直臣が白足袋なのに対して、阿波藩の陪臣は浅葱《あさつき》（色）足袋をはかなければならなかったのだ。

支藩が勤王へ加担した理由は、本藩支配からの脱却という年来の願望を成就させる

『お登勢』正編は「毎日新聞」日曜版（昭和43年1月7日～同44年3月30日）に、続編は「北海道新聞」日曜版（昭和47年6月18日～同48年6月3日）にそれぞれ連載。正編は昭和44年、続編は同48年に、それぞれ毎日新聞社より刊行された。

ための賭であった。洲本・稲田派は薩長側から、新政府樹立の折には洲本独立を約束するというお墨付きを得ていたのである。

維新はなった。が、洲本藩の願いはかなわなかった。その上、討幕に功のあった洲本「藩士」2520人は、佐幕派だった本藩の陪臣であるという理由で士籍を奪われ、失業の危機に陥る。両派による角逐、暗闘の中で政府が出した妥協案は、洲本（1万5000石）を兵庫県に分属、独立させ、北海道日高にある静内への移住を命じるというものであった。洲本にとっては苛酷な処分である。

第2部の主題は、この移住途次に起こる困難と災厄である。

明治3年の移住開始時、士卒のうち移住希望者は500人で、先発したのはわずかに47人、移住民は住民1万人のうちたった200人にすぎなかった。しかも、静内にようやく上陸した第1陣は火災で家財道具一切を失い、第2陣を乗せた船は紀州沖で遭難、四散してゆく。この遭難者の中にお登勢はいたが、一人だけでも開拓地にたどり着こうという決意に燃えていた。

しかし、明治4年の廃藩置県で洲本藩は消失、藩士は完全に禄を失い、移民団は開拓使支配となる。そして洲本独立派も、加納睦太郎を先頭とした猟官と裏切りによって、四分五裂してゆく。

第3部は、開拓の再出発である。

北垣国道（きたがき・くにみち） 天保7～大正5年。官僚、政治家。戊辰戦争に参軍。維新後、高知・徳島両県令をへて、明治14年から11年余にわたり京都府知事を務める。明治25年、北海道庁長官（第4代）に転じ、運河の開削や御料林の官有林移管などに業績をあげた。（肖像は北海道大学附属図書館蔵、『明治大正期の北海道〈写真編〉』からの転載）

農耕開拓に光が見えない中、お登勢がはじめた野生馬の捕獲、馴致《じゅんち》、飼育、改良が、アイヌや開拓使役人の協力を得てようやく始動する。また、旧武士団の団結の象徴である洲本城代一族が移住したことで、静内開拓再生の歩みが本格化してゆく。ここに、現在の馬産地・静内の歴史がはじまるのである。

ここまでが、幕末から明治5年までの本書の歴史ストーリーとなる。しかしこの小説、実は正真正銘の恋愛小説でもあるのだ。

ヒロインのお登勢は、勤王派で洲本独立運動の若きリーダー、津田貢にひと目で惹かれ、将来を誓い合う。そのお登勢を追い続けるのが、主家の跡継ぎ加納睦太郎で、人形でも取りあげるように津田を奪うのが、睦太郎の妹でお登勢の主人である志津と、愛憎の四角関係がこの小説の基本構図となっている。

夫の津田に飽きたらない志津は、これを棄てて開拓長官の公用人で高官の佐伯夫人におさまる。棄てられ、深く傷ついた津田を、お登勢が立ち直らせ、愛を取り戻して夫婦となるのだ。だが、夫との関係が冷えきってしまった志津は、佐伯の部下とわりない仲になっただけでなく、またしても津田を誘惑し、出奔してしまう。

津田さんをしっかりつかまえて、決してうちの奥様に近づけたらあかんということや。うちの奥様は怖いお人やからな。

船山馨（ふなやま・かおる）
大正3年3月31日～昭和56年8月5日、札幌生まれ。札幌二中（現札幌西高）をへて、明治大学商学部に進むも中退。昭和12年に「北海タイムス」（現北海道新聞）の社会部学芸記者となり、同14年に再上京。昭和16年に「北国物語」、同17年に「三月堂」が芥川賞候補作となり、活躍が期待された。しかし戦後、ヒロポン中毒のため長い低迷期に入るも、『石狩平野』上下巻（昭和42～45年、河出書房）の大ヒットで復活を果たす。なお、船山には明治維新の負と闇の中で、一瞬の光芒を放って消えてゆく「埋もれた」群像を活写した時代小説がある。『天保秘剣録』（昭和39年）、『幕末の暗殺者』（昭和42年）

そう使用人にいわれた言葉が、真になったのだ。それでもお登勢は、静内開拓の前線をだまって歩み続ける。これが作者のメッセージだ。

ただし、と小さい声でいいたい。

清楚で、けなげで、賢く、どんな困難にあっても前を見つづけ、蹴られても、裏切られても、どんな恥辱にも耐え抜き、ただ一人の男を愛しぬきまっすぐに歩く女は、津田貢ならずとも、ちょっと厄介だな、と思ってしまう。そんなところにも船山の筆がおよんでいたならば、と思えるのだ。

船山の時代小説もまた、明治維新の負の遺産にアクセントをおいている。その負が、『石狩平野』では「敗戦」に、『お登勢』では藩閥、猟官政治に帰結する。

と同時に、この小説がちょっと異色と思えるのは、武士の指導力とともに、開拓使の能吏たちの先見力にも光が当てられていることである。黒田清隆、岩村通俊、とくに北垣晋太郎（国道《くにみち》、後の北海道庁長官）等、開拓使の官僚の活躍が、短いながらも活写されている。

等がそうで、新選組の斉藤一が札幌や小樽に登場する「薄野心中」という作品もある。

2　本庄陸男『石狩川』——移民開拓団の「武士魂」

仙台藩は、奥羽越列藩同盟の盟主として新政府軍に反旗をひるがえした。これを理由に62万石から28万石に減封《げんぽう》され、各支藩藩士（陪臣）は士分と家禄を失った。この「失業」対策として取り組んだのが北海道への移民開拓で、支藩をあげての一大事業となった。

各支藩の集団移住先は、おおよそ以下の通りである（地名は現在のもの）。

①亘理→伊達市、②岩出山→当別町、③白石（片倉氏）→登別市幌別・札幌市白石区・札幌市手稲区、④角田（石川氏）→室蘭市・栗山町、⑤一関→白老町、⑥水沢→札幌市豊平区平岸。

道産子作家の長谷川海太郎、久《ひさ》生《お》十蘭《じゅうらん》、子母澤寛は、日本の時代小説を切り開いたが、その作品舞台は北海道ではなかった。北海道を舞台にした幕末維新の藩廃絶と集団移住を、最初に描いた本道出身作家、それが本庄陸男である。

昭和14年刊行の『石狩川』（800枚、未完）は、②の岩出山藩移住先にして彼の「郷里」でもある、石狩当別への集団移住を描こうとする。偉業であった。そして、この作品一本によって、作家本庄の名が文学史に残ったのだ。

『石狩川』　同人誌「槐（えんじゅ）」（昭和13年9～12月号、14年2月号）に掲載。のちに4、5章が書き加えられ、昭和14年5月、大観堂書店から刊行された。

では、「支藩」の集団移住とは「現実」にどのようなことを意味したのか。

1　士籍を失った「武士」は「帰農」し、明治4年の廃藩置県以後は、開拓使（政府）の支配下におかれる。

2　旧藩時代の支配関係を残したままでなければ、「集団移住＝帰農」に失敗し、移住団は四分五裂し、消滅してしまう。

3　従って移住は、はじめから内部矛盾をはらんだものとならざるを得なかった。

作者は、岩出山藩の当別移住が大きな成果を残したことを「奇貨」として、この物語を書くことができた。しかも、「郷里」の当別が「舞台」なのだ。

物語は、最初の移住地である不毛の聚富《しっぷ》（現石狩市厚田区）に見切りをつけ、新しい移住先の当別までの探索踏破を終え、そこが豊饒の地であることを確認し、開拓への大きな光を得る。とはいえ、彼らはまだ石狩川河口での荷役や大工などの請け負い仕事、森林伐採で糊口を凌ぐ状況であり、「開拓帰農」という本事業の準備段階にとどまっていた。

旧幕府時代の支配構造を残したまま農民となるためには、藩主と上層部である家臣団の一致団結と強力な指導力が絶対条件となる。シンボルは、はやばやと移住団に加わった藩主であり、リーダーが家老の阿賀妻である。

先発第1陣は、からくも当別移住に道をつけた。しかし、さらに困難なのは第2陣

本庄陸男（ほんじょう・むつお）　明治38年2月29日～昭和14年7月23日。当別・太美に生まれる。大正2年、北見の上渚滑（現紋別市）に一家で開拓移住。大正8年に紋別高等小を出て、代用教員となる。大正9年、樺太の王子製紙に職工として入り、翌10年に上京。苦学の末、青山師範を卒業し、大正14年に小学校教員となる。昭和2年、前衛芸術家連盟に参加し、プロレタリア運動の一翼を担うが、同8年2月に検挙される。昭和10年、短編集『白い壁』（ナウカ社）を刊行。『石狩川』は、ショーロホフ『静かなるドン』の日本版を目指したといわれるが、どうだろうか。

となる、家族も含む大量移民団を呼び寄せることだった。第1陣の苦闘や、移住地が人跡未踏の森林沼沢地であることを聞き知るにつけ、支藩地元では反対者が続出する。説得に出向いた阿賀妻に対し、反対派は藩主をおとりに無謀な移民を強行する計画は中止し、責任を取って自死せよ、と迫る。

石狩から当別までの「道」を探索する苦難とともに、この作品のクライマックスである。

移住開拓の成否は、阿賀妻の断を下したからには断じて後に引かない意志力、いってよければ「武士魂」にある。武士を棄て農民になる事業に、武士魂をもって取り組む——これほどの矛盾があるだろうか。

しかし、その矛盾を一身で貫くことなしに、集団移住の成功はなかった。この作品の成功もまた、ここに執着した点にあるだろう。

コラム

『石狩川』は「転向」文学である

時代小説は、歴史（過去）に仮託した現代小説（フィクション）という内面を持っている。

１９３０年代に台頭する時代小説の多くには、戦後の司馬遼太郎を典型とする時代小説のような、歴史と小説との楽しい結びつきはない。

とはいえ、森鴎外のように「歴史そのもの」に小説をとかしこんだ伝記類でもない。

当時、国家や政府を批判する言動を封殺する圧力が強化され、時代小説に仮託しなければ、「現在」を語ることが難しかったという社会事情があった。

その一方で、志賀直哉は筆を折り、広津和郎は主観を消去した形の観照的歴史物を書き、林房雄は民族史顕彰に転換する。同時にプロレタリア作家は、優れた時代小説を「創造」する。つまり『石狩川』は、プロ文学から「転向」した記念碑的作品でもあるのだ。

本庄にとっての石狩川とは、時代の転変を超え、一切のものを呑み込み押し流す「歴史」そのもののことだろう。左翼文学の断念＝放棄の果てに、時代小説『石狩川』の誕生があったといってよい。

これを嘆くのではない。むしろ不幸なのは、本庄とその作品が戦後、左翼文学の手に握られたことにある。それは、石狩川河畔にたつ『石狩川』の記念碑に刻まれた銘に、「睦男」と誤記されたことにも象徴されている（現在は「陸男」に正されている）。

▼「石狩川」文学碑（石狩郡当別町）

3　寒川光太郎『サガレン風土記』——流刑地・樺太開拓

北海道出身で最初に芥川賞を受賞した作家が、寒川光太郎である。昭和14年（第10回）、短編「密猟者」によってだ。

その寒川には、北方を主題にしたいくつかの作品があり、その中に「樺太＝サガレン」のロシア人開拓団という特異な題材を扱った「サガレン風土記」と「開拓前記」がある。沿海州に進出したロシア（軍）は、清が領有する「北樺太＝サガレン」に入り込む。そして、北京条約（万延元〈１８６０〉年）を押しつけて沿海州と北樺太の領有権を清から奪い、南樺太＝日本領に侵略の歩を進めた。

そのロシアによる樺太経営が、流刑囚による「開拓」だった。

「サガレン風土記」はこんな梗概だ。

開拓＝流刑地に、一人の博士が土壌研究にやってきた。この地の監獄長は、かつてはいっぱしの知識人であったが、流刑地の「風土」に毒され、冷酷な男に変身してゆくわが身に悩んでいた。博士がやってきたのは、そんな折である。博士は、囚人を人間とも思わない監獄長の処遇にいちいち反対の声を上げ、身をもって阻止しようとする。それに対し監獄長は、博士を極寒の獄舎に閉じ込めるなどの嫌がらせを続けた。

『サガレン風土記』　本作（55枚）と「開拓前記」（94枚）の2編は、短編集『サガレン風土記』（昭和16年、大日本雄弁会講談社）所収。また、『北海道文学全集』第14巻（昭和56年、立風書房）に「密猟者」「猟小舎」「札幌開府」の3編が収められている。

それは、博士がこの地の不毛陰鬱な「風土」に、自分と同じように染まり堕してゆくか、そうそうに流刑地から退散する、と確信してのことだ。

ところが博士は屈しない。この地で一生を囚人たちとともに開拓に挺身する決意を固め、率先して未開の地へ向かうのだ。

一方、「開拓前記」の梗概である。

流刑囚による開拓隊の中で、この隊は他と異なっていた。それは、ウラジオ大学で農政を専攻し、隊の指揮者に志願した男・ミツルと妻の自由民2人が、流刑囚に混ざっていることであった。

ようやく未開地にたどり着き、家を建て、いよいよ開拓の本番というまさにそのとき、開拓隊は洪水に見舞われる。一夜にして開拓の地盤を食料もろとも失ってしまうのだが、若い夫婦はひるまない。立ち退かない。囚人たちの蛮行にも屈しない。開拓の「夢」を、囚人ともども味わおうとすることを諦めないのだ。

この2編のサガレンものには、作者の祖父と父親が、北海道の大地に挑み続けた開拓史が投影されていて、興味深い。その祖父と父の2代にわたる開拓史（湧別でハッカ栽培に成功するも、その後一朝にして没落した歴史）を題材に描いたのが、小説『北風ぞ吹かん』（昭和17年、桜井書店）である。５００枚を超す長編で、1年半後に7

寒川光太郎（さむかわ・こうたろう）　明治41年1月1日～昭和52年1月25日。羽幌町築別生まれ。本名は菅原憲光。祖父は山形・庄内から湧別に入植し、ハッカ生産に従事した開拓民であった。教員だった父の転勤で、大正5年に樺太へ移住。昭和2年、旧制北海中を卒業後、法政大学に進むも中退。昭和14年、短編「密猟者」で芥川賞を受賞し、作家生活に入る。昭和19年、海軍報道班員として従軍中、フィリピンで米軍捕虜となり、同22年に帰国。多くの作品を残したが、現在書店で入手できる単行本はない。

刷になっているので、よく読まれたらしい。

これが、一種の「ど根性」ものなのだ。

ど根性を否定したいわけではない。それを科学的な「鍛錬された精神」などと呼ぶことに対する違和感が、この小説にも、そしてサガレンものにもある。

時代小説が変える歴史の「見方」

子母澤寛『新選組始末記』は、新選組がテロ集団ではなく統率のとれた治安部隊で、隊員は「志士」である、と記す。

山本周五郎『樅ノ木は残った』は、原田甲斐が伊達藩隠滅をはかった首謀者ではなく、汚名をかぶる覚悟で敵側に「内通」し藩を救った、と説き、『栄花物語』は田沼意次が賄賂政治家ではなく経済通で人格者でもあった、と説く。

もとより、発表当時は驚天動地の主張だった。

司馬遼太郎の諸作品の中でも、『国盗り物語』は信長が狂気の殺戮者ではなく徹底した近代合理主義者であると描き、『花神』は大村益次郎が医者から翻訳家そして軍事技術者になり官軍の総参謀長になった時代の寵児であると描き、『竜馬がゆく』は坂本龍馬が真の民主制を希求した革命家であったと描く。いずれも、従来の事件観や人物像を１８０度変えてしまったといってよい。

村上元三の『田沼意次』は、才能を開花させて政治の中枢に坐り、幕政改革に熱中したがゆえに招いた田沼の「悲劇」を活写した。

藤沢周平は、定年後の生き方の「神髄」をなにげなく語る『三屋清左衛門残日録』を書いて、高齢社会に生きる男の典型を鮮やかに活写した。

時代小説は「歴史書」ではない。しかし、すぐれた時代小説は新しい歴史・人間像を「創造」す

essay

る点において、どんな歴史書をも超えることがある。

とりわけ、歴史の読解と国民の歴史意識とに大きな変化をもたらした作家に司馬遼太郎がいる。時代の大転換期を活写した司馬の諸作品、『空海の風景』『義経』『国盗り物語』『菜の花の沖』『竜馬がゆく』『坂の上の雲』は、日本通史の常識を覆すにたる内容と筆力を有している。

実際、司馬の作品群は、皇国史観を否定するという強い意志を持って現れた、戦後日本と日本国民の多数意識を支配した唯物史観（戦前の日本は間違っていた、徳川封建時代は暗黒社会であった等）を、やんわりとそしてゆっくりと溶解させ、気がつかないうちに国民多数の歴史認識をすっかり変えてしまった。

もちろん、そんな司馬が提示した歴史意識もまた、今後、新たに書き換えられるべき運命を持つといっていいのだ。

その意味で、歴史に親しむだけでなく、歴史を深く知ろうと思うなら、時代小説を読む必要がある、というのがわたしの変わらない意見である。

＊著者による司馬遼太郎関連著作
『司馬遼太郎。人間の大学』（平成9年、ＰＨＰ研究所→平成16年、ＰＨＰ文庫）
『司馬遼太郎を「活用」する！』（平成22年、彩流社）

V

探検家、冒険者たち

明治以前、日本人にとって蝦夷と北蝦夷＝樺太（サハリン）および千島は、決して未知・未開の地ではなかった。が、そのほとんどは未踏の地であったことから、いく人もの探検家《エクスプローラー》の活躍があった。

その中でもめざましい働きをしたのが、近藤重蔵《じゅうぞう》（明和8〜文政12年）、最上徳内《もがみとくない》（宝暦5〜天保7年）であり、間宮林蔵（安永9〜天保15年）、そして松浦武四郎（文化15〜明治21年）であった。

彼らの活躍あるいは暗躍は、これまで時代小説のかっこうの対象となってきた。ここでは、「幕末」に活躍した2人の探検家、松浦と間宮を活写したすぐれた時代小説を紹介しよう。

1　佐江衆一『北海道人――松浦武四郎』――探検家・武四郎の「全貌」

伊勢の一志郡（現松阪市）に生まれた松浦武四郎には、さまざまな貌がある。佐江衆一の代表作『北海道人――松浦武四郎』（610枚）は、そうした武四郎の「全貌」を明らかにしようとする小説だ。

大別すれば、4つの貌を過不足なく描いているといってよい。

1　北海道・樺太・千島の「全貌」を、個人が一生かけても不可能と思えるほどに、全体から細部にいたるまで踏破した探検家であった。

2　蝦夷と蝦夷人（アイヌ）のもっともよき理解者にして、隣人《シャモ》（シャム〈隣人〉・ウタリ〈仲間〉）であった。

3　探検で見聞した膨大な事実（データ）を記録するとともに、その事実にもとづいた認識を巨細《こさい》に書き留め、数多くの著書を公刊し、遺稿として残した作家であった。

4　尊王攘夷が駆けめぐる幕末の激動の中で、蝦夷を統合する「日本」の統一・独立と文明開化とに思いを馳せた、志士としての「日本人」であった。

　これらを一つに結び合わせて、佐江は松浦武四郎を（武四郎自身がそう記したように）「北海道人」という。「娯楽」性を意識的に排除したような本書の叙述とあいまっ

『北海道人――松浦武四郎』別冊歴史読本「時代小説大全」（平成7年春号〜同9年秋号）で連載。加筆の上、平成11年10月、新人物往来社から刊行された。平成14年、講談社文庫に収められた。

て、生半可な歴史書よりも歴史書らしい趣を持っている、と感じるのはわたしばかりではないだろう。

しかし、武四郎は17歳で生家を出奔し、27歳になるまでに日本全国に足を踏み入れた経験を持つ、生まれながらの探検家、「日本人」であった。それも「新奇」な文物への興味、好奇心というよりは、山があれば登り、未知の土地があれば足を踏み入れるという、探検家としての本能としかいいようがないものである。

長崎ではじめて「蝦夷はロシアにかすめ取られるぞ」と示唆されてからおよそ1年、津軽鰺《あじ》ヶ沢から津軽海峡を渡って江差にたどり着いたのは、弘化２（１８４５）年のことであった。

武四郎は6度、大規模な蝦夷探検を行っている。近藤、最上、間宮等の先人探検家と決定的に異なるのは、彼らが「公人」（幕吏）として臨んだのに対し、武四郎は弘化2年、同3年、嘉永２（１８４９）年の3回を、商人の雇員、医師の従僕、あるいは水夫として臨んでいる。「私人」としての探検であった。

しかし、これが幸いした。「公人」としての便宜がないゆえに、意識的・無意識的に、幕吏や松前藩士、あるいは商人やその手下の差別、妨害、侮蔑がある。そのぶん、彼らに差別され虐待されているアイヌたちの目線に近づくことができたのである。

佐江の描く武四郎が強調するのは、蝦夷の独立ではない。蝦夷を日本に、蝦夷人を

松浦武四郎（まつうら・たけしろう） 文化15～明治21年。江戸末期の蝦夷地探検家。開拓判官。伊勢国（三重県）の郷士の子に生まれる。10代から諸国をめぐり、弘化2年から6回にわたり蝦夷地や択捉島、樺太を踏査。初の詳細な地誌『蝦夷日誌』を著して幕府に呈上した。明治2年、開拓判官となるが、政府によるアイヌ解放が果たされないことを理由に辞任。死の前年まで全国を歴遊した。（肖像は北海道大学附属図書館蔵）

「皇民」に編入することである。その根拠は、蝦夷を長く支配していた松前藩も、直轄化した幕府も、ともに「場所」を請け負った商人と結託して蝦夷人を徹底的に虐待し、安価な労働力として酷使していたからで、人口減がなによりもよく示すように、アイヌ死滅政策を取り続けている事実にあった。

アイヌも日本人だ、その日本人が住む豊かな蝦夷を略奪するのではなく、農耕をも含めた開発を行う。これが蝦夷・樺太を日本へ編入するべしという武四郎の主張の根拠であり、そのためにもロシアによる侵略から、蝦夷・樺太・千島を防衛すべきだということになる。

武四郎はときにその著作で、蝦夷の開拓を阻み、蝦夷と蝦夷人を食い物にする松前藩士や幕吏、それに奸商たちを許せないとして、個人名をあげて告発する。維新前後、何度も武四郎が刺客に狙われた理由だ。

では、蝦夷を日本に編入し、日本の独立と文明化をはかると宣した明治政府は、蝦夷人に日本人と同じ待遇を与え、かつてのような誇り高く礼儀正しい自立の道を許しただろうか。否である。

武四郎は開拓判官という高い官職を得たが、むしろ実務から遠ざけられ、政府への蝦夷人救済の訴えはことごとく無視された。彼は明治3年、決然として辞職願を出し、同21年に数え年71歳で亡くなるまで、市井で「自由人」として生きた。

しかし、登山をはじめとする探検家としての生き方を、ひとときでもやめてはいなかった。

――和人として、志士として、あの美しいカムイ・ウタリを皇国の一国としてどのように救えるのか……。

これが、自らを「憂北生、北海道人」と号した、31歳のときの武四郎の叫びであり、

――おなじ皇国の民がこの北方の豊かな大地で、酷使され、飢えに苦しみ、娶る女もなく、子孫が絶えてゆく。それを私は知りつつ、何もできず、ただ見ているだけなのか……。

これが、アイヌの惨状を目のあたりにして、たんなる幕府の「御雇」にすぎない4回目の蝦夷・樺太探検における武四郎の悲痛な叫びであった。

そして新政府に愛想づかしをした武四郎は、残る一生を主として自らの著述完成に費やした。著者・佐江による晩年の武四郎像はこうである。

佐江衆一（さえ・しゅういち） 昭和9年1月19日～。東京・浅草生まれ。敗戦を母の実家がある栃木で迎え、昭和27年に栃木高を卒業後、日本橋の丸善に入社。仕事の傍ら作家を志して執筆活動を続け、芥川賞候補となるも5回落選し、コピーライターに転じる。平成2年、幕末の蝦夷地を舞台にした『北の海明け』（平成元年、新潮社）で新田次郎文学賞を受賞し、時代小説に新天地を求める。平成7年、『江戸職人綺譚』（新潮社）で文壇に不動の地位を得た。綿密な取材と史料の読み込みで、手堅い作品を書き続けている。

探検家としての武四郎は、豪胆不羈《ふき》の一方細心で、貪欲なまでに好奇心が強く、権力に対して不屈で怒りをあらわにするが、市井人としては書画骨董の目利きであり、理財の道に周到で、吝《しわ》いところがあり、生活は質素である。歯に衣を着せずに直言する性格だから敵もつくるが、人なつこく社交家でもあるので友も多い。

これらはいずれも「伊勢人の気質」で、官を辞してから「角がとれて懐に風を入れるごとく生き方が自在になった」という。

わたしの知るかぎりの伊勢人気質から推して、佐江のいう通りだろう。だが、贅沢なことをいえば、終生変わらない「野心」旺盛で「吝嗇《りんしょく》」とよんでもいいような武四郎の生き方が、作家として後世に残る仕事を可能にした事情を、著者はもう少しクローズアップしてもよかったのではあるまいか。

2　中津川俊六『北方の先覚　松浦武四郎伝』――「志士」武四郎

松浦武四郎はさまざまな小説に登場するが、武四郎を主人公にした小説は意外と少ない。その中でも異色なのが、北海道出身の作家、中津川俊六が書いた中編（170枚余）『北方の先覚　松浦武四郎伝』（昭和19年、北海道翼賛壮年団本部）だろう。

戦時中に書かれたものであることも関係するが、水戸斉昭による蝦夷の水戸直轄化計画を中心とする蝦夷経略を主題にした作品で、とりわけ尊皇攘夷思想を基調にした対ロシア防衛と蝦夷開発による藩財政の立て直しに、尊皇攘夷思想を持った武四郎が強くかかわってゆく。

もちろん、武四郎と水戸学の会澤正志斎、長州の吉田松陰との交誼《フレンドシップ》や、勤王の志士である頼三樹三郎、梁川星巌等との「密謀」が、重大事件として挟み込まれている。思想家・政略家としての武四郎がクローズアップされ、探検・測量家の部分がやや希薄になっているのは、やむを得ないというべきだろう。

もう一つの特徴は、多産な作家である武四郎について、花鳥風月の心がある漢詩と和歌の得意な文人、という側面を際だたせて書いている点だ。

もちろん、多彩な方面に力能を発揮した武四郎である。政略や詩の能力にも秀でて

『北方の先覚　松浦武四郎伝』　昭和19年9月、北海道翼賛壮年団本部から刊行。「北方の先覚」は、主題というより文字のサイズを落とした副題の扱いで、たんに『松浦武四郎伝』と表記してもよいだろう。なお、『中津川俊六全集』上巻（昭和57年、立風書房）に、「詩人　松浦武四郎伝」が収められている。

いたことは間違いない。しかし、やはりそれは武四郎の一部であり、その勤王思想にしろ漢詩にしろ、会澤や松陰、頼と肩をならべようもなかったというべきだろうし、「回天」のために幕末に奔走した志士とも違うというほかないだろう。

中津川俊六（なかつがわ・しゅんろく）　明治34年4月9日～昭和56年10月19日。札幌生まれ。本名は武田暹。のちに小樽に移り、旧制小樽中卒。北大図書館、市立小樽図書館に勤務し、小林多喜二と親交を結ぶ。幕末の千島を扱った中編（150枚弱）時代小説「五郎治千島日記」（「北方文芸」昭和16年創刊号～第3号に掲載）は、文化4（1807）年、ロシア艦に襲撃、捕縛され、6年間抑留された小頭五郎治が語る体験談の形をとっている。（作品は『北海道文学全集』第15巻〈昭和56年、立風書房〉に所収。）なお、次節の吉村昭『間宮林蔵』は、この五郎治抑留事件から物語がはじまる。

3 吉村昭『間宮林蔵』——新奇心と功名心

時代小説作家には、「純文学」出身の作家が少なからずいる。吉村昭もその貴重な一人だ。

吉村は、記録文学《ノンフィクション》の枠ともいうべき『戦艦武蔵』をはじめとする「戦記」ものを挟んで、時代小説を手掛けるようになった。だからというべきか、吉村の時代小説には「事実」に寄り添った、歴史書と見まがうようなリアリティある書きっぷりの作品が多い。それがおのずと、この作家に対する評価、あるいは好悪を別《わか》っているといってよいだろう。

『間宮林蔵』は860枚になんなんとする長編だ。

厳密にいえば、間宮林蔵は「幕末」に活躍した人物とはいえず、むしろ近藤重蔵や最上徳内と同時代人といえる。だが、その活躍のほとんどは「蝦夷」が舞台で、時代も幕末へ向かって急展開してゆく転換期に属している。あえて取りあげた理由だ。

そんな林蔵の全体像を、吉村は過不足なく、妙に肩入れしたりあるいは突き放すこともなく、淡々と、しかし読み進めずにはいられない筆致で描きつくそうとする。

林蔵はわずか12歳で、幕府御雇の測量家・村上島之丞《しまのじょう》の従者になる。これが林蔵

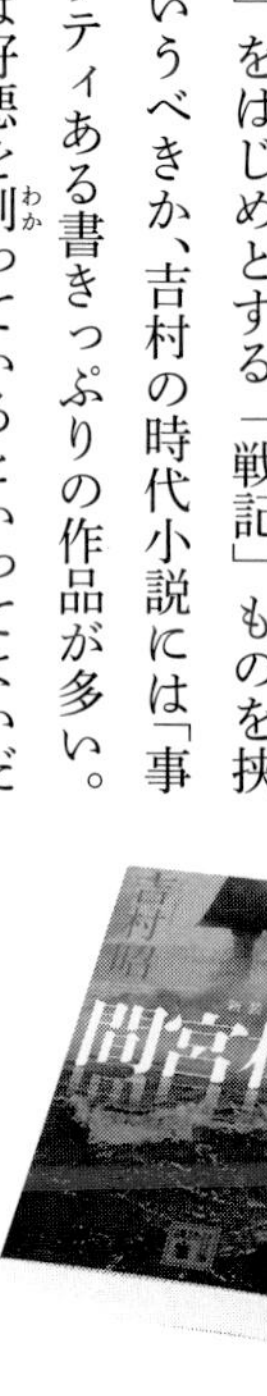

『間宮林蔵』「北海道新聞・中日新聞・西日本新聞・東京新聞」各紙（昭和56年11月1日～同57年6月13日）に掲載。昭和57年、講談社から刊行された。講談社文庫に収められたのち、平成23年に新装版となった。

の一生を決めることになった。林蔵が成し遂げた、日本、否世界に誇ることができる偉業とは、当時、世界沿岸地図で詳細の不明であった樺太について、沿海州（大陸）の半島であるという定説を覆し、完全な島であることを発見し、記録した点にある。

これは、地理上の大発見というだけでなく、樺太とサハリンが同じ島域で、その北を清が、南を日本が支配しているという領土問題に直接かかわっている。つまり、ウルップ（ロシア領）と国後（日本領）に挟まれた、択捉をめぐる領有権問題で日露が激しく抗争していた時代、林蔵の発見は、ロシアがいまだ樺太に足を踏みいれていないという歴史事実の確証となったのだ。樺太をロシアに武力で実効支配された幕末や、松浦武四郎が苦闘した時代とは大きく異なる点である。

それはともかく、物語は文化４（１８０７）年4月、千島日本領の択捉会所があるシャナが、ナイボに次いでロシア艦2隻に攻撃され、会所隊２３０名はほとんど戦うことなく逃亡したことにはじまる。その敗走者の中に、林蔵（普請役雇）もいた。ただし林蔵は、ただ一人抗戦を主張したが、聞きいれられなかったのだ。

抗戦せずに敗走した幕吏はもとより南部・津軽藩士については、厳重な取り調べによって処断された。林蔵は自分にも罪がおよぶのではと戦々恐々としたが、ただ一人抗戦を主張したことを奇貨として無罪放免になり、むしろ重用されるきっかけを得たのである。この事件は、生涯にわたって慎重な、他者から見れば心中を語らずことの

間宮林蔵（まみや・りんぞう）　安永9～天保15年。江戸後期の幕臣、探検家。貧農の子として生まれるが、数学の才を幕吏に認められ江戸に出る。寛政12（１８００）年、普請役村上島之丞の従者として訪れた箱館で、伊能忠敬と出会い測量術を学ぶ。文化5（１８０８）年、第1回樺太探検を命じられ、翌年には間宮海峡を発見。樺太が島であることを実証した。その後は、異国船の動向や密貿易の実態を探索する隠密活動に従事した。

先が見えるまで決して突出しない、狷介《けんかい》ともいうべき林蔵の人物像を形づくった（というのが吉村の主張だ）。

この事件を契機に、幕府は対露強硬路線をとり、西蝦夷をも直轄化し、蝦夷全土を幕府の支配下におく。北蝦夷＝樺太や利尻にまで襲撃する気配を見せたロシアに対する、防備体制を再構築しようとしたのである。

その「先兵」として、幕府は林蔵（と松田伝十郎）に北樺太の探査を命じる。林蔵は、アイヌも住むことのできないギリヤーク人が先住する地まで足を伸ばし、1年2カ月の滞在期間を費やして、樺太と大陸が地続きではないことを確認する。そして、さらに遠く清の支配下にある東韃靼デレンまで歩を進め、ようやく宗谷に帰還したのだ。本書のハイライトである。

寒さに耐え、飢えに苦しみ、異族人に脅かされ、何度も命を落としそうなはめに陥ったにもかかわらず、探索をやめなかった。熱に浮かされた男としかいいようのない冒険譚であった。

幕府や上司の評価に、見苦しいほどの恐怖や躊躇ぶりを示す林蔵が、探検ではいとも簡単に命を投げだそうとする。この対照《コントラスト》描写が実に巧みなのだ。探検し、測量し、それを報告するときの林蔵は、日本人の中で比類なく輝く。

一瞬、この功名心の強い男は、自分のたぐい稀な価値を知っているのだろうかとも

吉村昭（よしむら・あきら） 昭和2年5月1日～平成18年7月31日。東京・日暮里生まれ。旧制開成中を卒業後、旧制学習院高に入学するも中退、学習院大文科を除籍（病気と文学熱のためといわれる）。芥川賞候補に4度あがるが受賞できず、昭和41年発表の『戦艦武蔵』で文壇に安定した地位を得る。昭和49年、『冬の鷹』（毎日新聞社）で時代小説に転じ、同53年『ふぉん・しいほるとの娘』（毎日新聞社）等を残す。なお、『北天の星』（昭和50年、講談社）では、『間宮林蔵』の冒頭に登場する、ロシア艦襲撃で拉致された番人・小頭五郎治の生涯を描いている。

思えるが、小心者といいたいほどに猜疑心が強く慎重なのである。これをひと言でいえば、新奇心と功名心が一緒になった小者の複合感情、というところであろうか。

吉村作品の林蔵が他の小説の林蔵と著しく異なるところは、樺太探検以降、松前奉行下役（幕吏）に抜擢され、生涯無役のまま、シーボルト事件（文政12〈１８２９〉年に国禁を犯したとしてシーボルトが国外追放された）をはじめとする数々の事件の裏側で、「隠密」として活躍したことを描く点にある。

隠密である林蔵の行動を、その狷介な性格に見いだすのではなく、当時の幕府の政略と軌を一にした北方探検歴に根差す、リアルな対外国政策と政治思考から来ているとするのだ。水戸学派等の頑なな尊皇攘夷の風潮とは異なり、そうした林蔵の現実的な「助言」は、外国船打払令緩和ともいうべき「薪水給与令」（天保13〈１８４２〉年）として実現したといえる。

ただし、シーボルト事件をきっかけに、ごく親しかった人たちにまで「密偵」＝「犬」と、嫌悪と侮蔑に満ちた目で見られたことが、林蔵の晩年を暗いものにしたことは否めない。

4 北方謙三『林蔵の貌《かお》』――剛毅な強者としての林蔵

ハードボイルド・ミステリの雄、北方謙三が最初に書いた時代小説が、南北朝を題材にした『武王の門』(平成元年、新潮社)である。この作品であっといわされた記憶は、いまもまざまざと甦ってくる。

北方版の林蔵は、吉村林蔵と仕事や事跡が同じでも、その性格や技量はひどく異なる。小心、卑屈、不満屋のところは微塵もない。剛直な男であり、異形の貌にもかかわらず女たちを魅了する力と度量を備えている。林蔵の敵こそがもっとも手に入れたい人材であり続けるのだ。

林蔵は測量家＝技術者であり、幕府所轄の命令に忠実な下役でもある。必要あれば、死地にさえ困難を厭わず、裸足でかけだしてゆく。そのために、貌が凍傷で崩れ落ちてなく、心も「ない」。徒党を組むことを好まず、ことに臨めば、ぎりぎりのところで一人考え一人決意する、いわば誰にも属さないフリーランスなのである。

そんな林蔵の「心」を奮い立たせるにたる存在が現れた。水戸藩の加納信平である。

加納は林蔵の示唆により、アイヌと共同して蝦夷の大地を開墾し、定住しようとする。そのためには、アイヌと同じ生活＝衣食住をして蝦夷で生き抜き、またロシアの

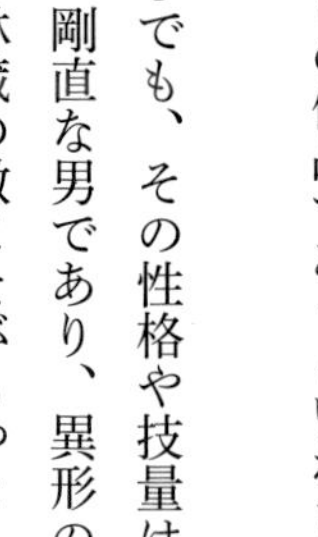

『林蔵の貌』「小説すばる」(平成4年3月号〜同6年4月号)に掲載。11〜16章を書き下ろし、平成6年に上下巻で集英社から刊行された。集英社文庫に収められたのち、平成15年に新潮文庫に収められた。

南下＝侵略に備える必要もあるという考えを（わずかといえども）「実践」することで、蝦夷に幕藩体制とは異なる「国」を築こうという夢を抱いた青年だった。

　この青年に夢の絵図を与えたのが、天皇を蝦夷に移して朝廷再興、日本再生をはかるという驚天動地の「陰謀《プラン》」に邁進する野比秀麿で、2人とも剣の達人でもある。野比の命に従うのが越前の海賊で船頭の伝兵衛（朝廷が民の中に忍ばせた「草」）であり、伝兵衛に共感するのが高田屋嘉兵衛を乗り越えようとする回船業の宇梶屋である。

　野比は、御三家水戸藩と雄藩薩摩を共同させ、蝦夷を幕府から独立させようという「回天」事業に、信平・伝兵衛・宇梶屋そして最後に林蔵を巻き込んでゆく。

　しかし、財政破綻に苦しむ薩摩・島津重豪（斉彬の曽祖父）の裏切りと、幕府勘定方・村垣範正による策謀により、蝦夷ルモイに入植していた信平たちは惨殺され、野比も病に倒れる。そして、これを契機に、林蔵の策略家としての縦横無尽の活躍がはじまる。

　林蔵は恐ろしい。顔も醜いが心も「醜い」、と島津重豪が言い放つ通りに。だがその醜さの根には、いかなる策謀を用いても相手を倒すという剛毅さがある。蝦夷やアイヌを収奪するだけで開発や扶育に関心を持たない、松前藩や高田屋を蝦夷から追い出し、重豪の目論む北方交易のみならず、薩摩による南方交易拡大の入り口をも次々に破壊し、重豪のたび重なる策謀をことごとく打ち砕いてゆく。

　最後に、重豪が企んだ朝廷と結んでのオランダ交易の拡大を、シーボルト事件にか

島津重豪（しまづ・しげひで）　延享2～天保4年。江戸後期の大名。薩摩藩第8代、島津家25代当主。蘭学や本草学を好み、藩校や医学院など文化事業を興す。積極的な開化進取政策をとるも財政は破たん。晩年まで藩政の実権をにぎり、人材を登用して財政再建をはかった。

らめて壊滅させ、80歳をこえた重豪を生きた屍にする。そればかりか、林蔵の生殺与奪権を握る、隠密支配の勘定奉行・村垣の死命を制する地雷を埋め込んだところで、物語は終わる。

林蔵が重豪の屋敷を出る、この作品最後の場面。その文章はこうだ。

　裸足の足に、夜露の冷たさはなにも感じなかった。ただ、自分の足音は聞えた。
　草を踏む自分の足音だけに、林蔵は耳を傾けた。

まことに、「ハードボイルド」時代小説にふさわしい終わり方だ。

貌もなく、心もない林蔵には、同時に誰も持たない貌があり、持ち得ない心がある。林蔵自身による、その貌と心の発見の旅、が興味深い。どんな貌にも心にもなり得るからだ。果たして林蔵は、輪郭のはっきりした貌と明澄な心を持つ男になってゆく。人が歳を重ね、皺を増やすにしたがって、貌と心を失ってゆくのとは逆である。

林蔵が生きた時代は「幕末」ではない。だが、「幕末＝開国・討幕」の前哨《プレリュード》にある時代であり、林蔵が生きたからこそ、松浦武四郎も生きることができたのだ。

なお、羅針盤が狂うという理由で竹光を手挟《たばさ》む林蔵は、必殺の凶器として測深器である鉛の錘《おもり》を操り、次々と難敵を倒してゆく、その威力のほどに驚かされるはずだ。

北方謙三（きたかた・けんぞう）　昭和22年10月26日～。佐賀・唐津生まれ。父は外国航路の船長で、小学校5年で川崎市に移住。昭和48年、中央大法学部卒。学生時代に作家活動をスタートさせ、昭和56年『弔鐘はるかなり』（集英社）で本格デビューを果たす。ハードボイルドの旗手と謳われ、数々のミステリ作品を生み出すが、「歴史」を大胆に読み替える時代小説でも新風を送りこんでいる。ここでは、南朝の将・北畠顕家を描く『破軍の星』（平成2年、集英社）と、『三国志』全13巻（平成8～同10年、角川春樹事務所）の2作をあげておく。

5　三浦綾子『海嶺』——帰国できなかった漂流者たち

旭川生まれの三浦綾子は、篤信なキリスト者である。昭和39年、朝日新聞の１千万円懸賞小説に応募した作品『氷点』（昭和40年、朝日新聞社）が入選。作品は新聞に連載され、それが大人気を呼んだことで、一躍、流行作家の仲間入りを果たした。

原稿用紙にして１８００枚を超える長編時代小説『海嶺』は、初の「新約聖書」日本語翻訳版の作成に助力した、日本人漂流民たちの数奇な運命を追ったもので、三浦にしてよく書き得る題材の作品である。

ただしこれは、幕末の蝦夷を舞台にした小説ではない。しかしながら、北海道生まれの作家による探検・冒険譚として、読者の興味をそそるのではあるまいか。

天保３（１８３２）年、知多半島（愛知）小野浦の千石船宝順丸は、10月、伊勢の鳥羽を発って江戸へ向かうが、遠州灘で消息を絶つ。乗組員14名全員の生存は絶望視され、墓碑も建てられるが、実は岩吉、久吉、音吉の３人が最後まで生き残っていた。

船は１年２カ月にわたり太平洋を漂流し、アメリカ西岸の島で座礁。上陸した３人はインディアンに捕まり、１年ほど奴隷の身となった。彼らを救ったのはイギリス商船で、３人は南米南端を廻ってロンドンへわたり、そこで船を乗り換え、アフリカ南

『海嶺』　昭和56年４月、朝日新聞社から上下巻で刊行。昭和61年に角川文庫に上中下巻で収められ、平成24年に改版された。

端を廻ってマカオへ向かった。もうこれだけで、破格の冒険譚だ。

　ロンドンに着いた3人の会話である。


「何や⁉　船から煙が出ている！」

（中略）

「帆、帆が、帆があらせんで！」

「あれがきっと話に聞いたスチームで動く船や！」


　彼らはジョン万次郎よりはやく、間近に黒船を見たのだ。

　3人はマカオで知りあったドイツ人宣教師K・ギュツラフが試みていた、新約聖書の日本語訳を手伝い、完成させる。それが、天保6（1835）年5月に出版された「約翰《ヨハネ》福音之傳」である。

　その後、アメリカ船のモリソン号に乗って、他の日本人漂流民4人とともに日本に帰還しようとするが、浦賀でも鹿児島でも外国船打払令によって砲撃され、日本に帰着できなかった。天保8年に発生した、いわゆる「モリソン号事件」である。

　3人は奇跡的に生き残っただけでなく、地球を一周して日本に帰還しようとしたが叶わず、しかし聖書翻訳という偉業の一端にかかわることで、歴史に名を残すことに

三浦綾子（みうら・あやこ）
大正11年4月25日〜平成11年10月12日。旭川生まれ。昭和14年、旭川高等女学校卒。結核に苦しみながら、小学校教員として勤める。昭和40年、『氷点』がベストセラーとなり、以降、信仰を核とする、友愛と反戦平和をテーマにした小説を陸続と書き続けた。代表作に『塩狩峠』（昭和43年、新潮社）等がある。

なった。また、小野浦の船乗り3人はともに通訳として活躍したと、作者は「後記」で記している。

なお、日本に帰国しようとした7人のうち、最年少の力松だけが嘉永7（1854）年に批准された日英和親条約の通訳として長崎に来航したが、彼も含めて7人とも外国で亡くなっている。

蝦夷の探検者たち

幕末前後に活躍した、色とりどりの探検家たちがいる。詳しく紹介した間宮林蔵と松浦武四郎をのぞく、代表的な人物を簡単に紹介しよう。（この全員が、Ｖ章で紹介した作品に登場する。）

まず、林蔵と武四郎に続いて五指に入る３人だ。

１　近藤重蔵（明和８～文政12年）……寛政11（１７９９）年、択捉島に渡り「大日本恵登呂府」の標柱を立て、その翌年には松前奉行「エトロフ島掛」を命じられる。このことからもわかるように、歴とした幕臣（御先手組与力）の子に生まれ、はやくからその学才が注目された。生涯におびただしい数の著作を残すが、晩年息子の不始末に連座し、流刑の憂き目にあった。逢坂剛『重蔵始末』（講談社）がある。

２　高田屋嘉兵衛（明和６～文政10年）……蝦夷探検や対ロシア「外交」でめざましい活躍したことは、司馬遼太郎の『菜の花の沖』に詳しい。が、彼の「場所請け」支配における、アイヌへの苛烈な処置や幕府御雇商人としての負の評価も忘れない方がいい。嘉兵衛の死後、高田屋は密貿易の疑いをかけられ闕所《けっしょ》（全財産没収）となった。

３　最上徳内（宝暦５～天保７年）……蝦夷探検のパイオニアともいうべき人で、百姓の子に生まれるが、長じて学者で経世家の本多利明の弟子となる。天明５（１７８５）年、初の幕府探検隊に病気の師に代わって従者として加わり、国後、択捉そしてウルップに渡った。

その後、樺太探検などを続け、アイヌに親しまれながら幕臣（普請役）まで昇進する。晩年、江戸に出たシーボルトと交誼を結ぶが、シーボルト事件では「免責」されている。徳内を主人公にした小説に、乾浩『北冥《ほくめい》の白虹《オーロラ》　小説・最上徳内』（平成15年、新人物往来社）がある。

さらに、忘れてはならない蝦夷探検家たちがいる。

4　青島俊蔵（寛延4〜寛政2年）……天明5年、最上徳内の上司（普請役）として千島探検を指揮した。しかし、寛政元年に起きた「クナシリ・メナシアイヌの戦い」の調停・処断（37人が死罪）をめぐり、その責が問われる。翌年、遠島（八丈島）の刑に処せられ、そこで獄死した。

5　村上島之丞（宝暦10〜文化5年）……伊勢の人で、測量の才を松平定信に見いだされ、土木事業に従事している途次、林蔵を見いだした。寛政10（1798）年、近藤重蔵の探検に御雇として随行。国後に渡り、蝦夷地図作成等で業績を上げるなど、幕吏（普請役）となって蝦夷開拓に尽力した。

6　松田伝十郎（明和6〜天保13年）……林蔵と同じように貧農の子に生まれ、その才を見込まれて幕臣の養子となった。蝦夷に初めて足を踏み入れたのは寛政11年のことで、享和3（1803）年に択捉、文化5（1808）年に林蔵の上役として樺太に渡った。文政5（1822）年に蝦夷地が松前藩支配に戻されるまで、樺太に2度赴任し、黒龍江下流と北樺太＝アイヌ・山丹《さんたん》交易の改善に尽力した。

7　岡本監輔《けんすけ》（天保10〜明治37年）……医薬家に生まれ、樺太が島であることを自分の足で確かめるべく、初めての樺太1周探検（文久3〜慶応元年）に臨み、成功。明治元年、新政府で箱館裁判所権判事となり樺太経営を担当するが、同3年、樺太放棄論の黒田清隆と対立し、辞任して教壇に立つ。生涯を「樺太＝日本領」論を広めるために捧げた。

8　早川弥五左衛門《やござえもん》（文政2～明治16年）……越前大野藩士（代官）で、幕府から樺太「預かり」の許可を得た大野藩藩主の命で、安政3（1856）年に樺太探検を行う。さらにその翌年から7年間、日露の対立が激しくなる中で兵農（漁）をかねた樺太開拓に挺身するも、ついに実を結ばず終わった。明治政府の下で明治3年、開拓使権参事になるが、翌年辞任する。

林蔵、武四郎を含む、蝦夷探検に深くかかわった10人の人生は、蝦夷・樺太・千島の支配構造が変化するたびに、あるいは諸外国との関係が変化する事件が生じるたびに、転変したことがわかる。

Ⅵ

箱館戦争・異聞

戊辰の「役」という。戊辰「戦争」、正確にいえば日本全国を股にかけた大「内戦」である。鳥羽伏見の戦いにはじまり、箱館「戦争」で終結を迎えた（ただし1年4カ月の短期間だった）。

箱館戦争とは、明治元（１８６８）年12月から翌年5月までの半年間に起きた戦いである。榎本武揚を総裁とする反政府軍が、箱館府と松前藩を占領・支配し、それに反撃した新政府軍との戦闘で敗北するまでの期間にあたり、蝦夷＝北海道が日本の歴史上最も大きくクローズアップされた時期だ。

長崎をのぞいて「鎖国」日本ではじめて外国に開かれた港は、箱館と下田の2港だった。とりわけ箱館は、幕末の頃、すでに人口2万人に近い国際都市で、蝦夷の、否、日本の玄関口であった。

この時期の箱館を舞台にした時代小説は、長短たくさんある。そんな中で、「箱館戦争・異聞」ともいえる代表的な作品を紹介したい。

1　富樫倫太郎『箱館売ります　幕末ガルトネル事件異聞』——蝦夷、売ります

「箱館売ります」というのは、いかにも刺激的な書名だ。といっても、題材となる「ガルトネル事件」は、それまで小説の主題に取りあげられることはほとんどなかった。ただしこの事件、幕末から維新にかけて見逃すことのできない、重要な「国際」事件というべきものだった。

この事件を、「謀略」を基調とする時代小説として書き下ろした作家の目のつけどころのよさと、見事な作品に仕上げた筆力に敬意を表したい。しかも作者の富樫は、函館生まれの札幌育ちという生粋の道産子なのだから、うれしいではないか。

まず小説からいったん離れて、この事件の概要を追ってみよう。

1　プロシアのガルトネルは、商社マンでプロシア副領事をかねる弟の根回しもあり、幕末・維新のどさくさと箱館奉行が外交交渉に不慣れなことに乗じて、函館近郊の開墾申請を出す。その結果、明治元年に4〜5反の借地許可を得ることに成功する。

2　新政府の箱館府判事は、旧幕府の借地「許可」を引き継ぐ形で、7万坪（約23町歩）の借地を許す。

3　さらに明治2年2月、榎本総裁の蝦夷島政府との間で、300万坪（1000

『箱館売ります　幕末ガルトネル事件異聞』平成16年5月、実業之日本社から刊行された。平成25年、中公文庫に収められた。

町歩）を99年借地する契約を結んだ。

4　同年5月、蝦夷島政府は瓦解するが、ガルトネルは箱館府と契約続行を確認した。

わずか5反（１５００坪）ほどの借地許可にはじまり、主権者（政府）が短期間に二転三転する間に､借地を２０００倍までふくれあがらせた詐欺同然の借地権である。同時にこれは、地方政府（出先機関）の無能と専断の結果でもあった。

5　しかし、明治2年7月に新設された開拓使は、この約定には契約期間がなく、他国の「植民地」支配の足がかりになると判断。さらに、ガルトネル側と周辺住民とのトラブルも絶えなかったため、この約定そのものを破棄し、違約金として６万２５００ドルという大金を支払うことにした。

これが、ガルトネル（開墾条約〈詐欺〉）事件の大まかな概要である。

作者はこの事件を『箱館売ります』として小説化（１０００枚）するに当たって、プロシアのガルトネルの背後に、ロシア領事館のユーリイ・ザレンスキー（秘密警察の高官）なる人物を配した。ザレンスキーが目論むのは、蝦夷をロシアの属領（植民地）にせんとする陰謀で、それにのった榎本総裁をはじめとする蝦夷島政府と、この陰謀を阻止せんとする人々が対峙する、という設定だ。

陰謀を阻止する側のグループには、旧幕の恩顧に報いるため蝦夷島政府の「特務」

R・ガルトネル　生没年不詳。プロシア（現在のドイツ）の貿易商。文久３（１８６３）年に来日し、箱館で貿易業に従事。明治２年、七重村の土地を借用し西洋農業をはじめる。母国からリンゴなど果実の苗木を取り寄せ、日本初の栽培を行った。明治４年、母国へ帰国。

となった平山金十郎、平山の弟子だが勤王の士で蝦夷島政府の倒壊を狙う「遊軍隊」のリーダー・斎藤順三郎、蝦夷島政府の陸軍奉行並の要職にある元新選組の土方歳三という、三者三様の人物が配される。

土方は、蝦夷島政府が３００万坪を6万両で売り渡す契約を交わすのを未然に防ぐため、策略を講じる。対立する平山や斎藤たち素人「軍」を糾合し、それらを指揮して、見事にロシア・スパイによる蝦夷植民地化の陰謀を阻止。自らは箱館戦争で華々しく散ってゆく。

榎本総裁をはじめとする蝦夷島政府高官は、資金（軍資金）難につけ込まれ、金で領土を売り払うという大汚点を残すところであった。むしろ、契約が流れたことでいちばんホッとしたのは、総裁の榎本だったのではあるまいか、というのが作者の見解である。彼ら高官は、戦死した土方、中島三郎助（箱館奉行並）をのぞいて降伏し、生き残った。

ロシアの領土拡大熱、日本とりわけ千島、樺太、蝦夷への侵略熱は、この後も形を変えて何度も謀略がはかられ、現在に至っている。この作品は、軍艦と大砲によらない、謀略による日本「侵略」事件の顛末を描いて、おおいに読ませる。

富樫倫太郎（とがし・りんたろう）　昭和36年～。函館の元ロシア領事館近くに生まれる。小学校入学前に札幌へ移住、札幌東高、北大経済学部をへて作家をめざし、平成10年、『修羅の跫』（学習研究社）でデビュー。箱館戦争3部作として『箱館売ります』、『殺生石』（平成16年、光文社・Kappa novels）、『美姫（びき）血戦　松前パン屋事始異聞』（平成17年、実業之日本社）がある。多産の人で、陰陽寮シリーズ、『信玄の軍配者』（平成22年、中央公論新社）等の軍配者3部作、人情もの等、幅広い時代小説を手がけるほか、警察小説も書く。

コラム

富樫倫太郎・箱館戦争3部作

函館出身の富樫には、「箱館戦争・異聞」ともいうべき3部作がある。

一つは、本書で紹介した『箱館売ります』。

もう一つは、箱館戦争を舞台に、陰陽師・安倍泰成と殺生石、金毛九尾の狐伝説、アイヌを登場させ、さらにはフランスの軍事顧問団にまぎれこんでやってきた2人の「怪人」（フリーメーソン最高幹部）を縦横無尽に活躍させる、1033枚の伝奇怪作『殺生石』（平成16年、光文社・Kappa novels）。

そして、戦いの携行食にするためのパン作りを命じられ、それに挑んだ、松前の和菓子職人の目から見た箱館戦争の顛末を描く、607枚の『美姫血戦　松前パン屋事始異聞』（平成17年、実業之日本社）がある。

いずれも特異な題材を追った、まさに「箱館戦争・異聞」と呼ぶにふさわしい力作だ。

2　久保栄『五稜郭血書』――紋切り型《ステレオタイプ》の箱館戦記

時代小説は何でもありだなあ、とこの作品を読んでつくづく思うのは、わたしばかりではないだろう。『五稜郭血書』（約３７０枚）は、札幌生まれの代表的なプロレタリア作家、久保栄による脚本である。

といっても、小説より「背景」描写（ト書）が詳しい。また、「明治初年政治絵解」と副題にもあるように、箱館戦争の開始から終端まで、新政府・箱館府から榎本の蝦夷島政府に代わり、さらに蝦夷島軍が敗退・降伏するまでが描かれている。

久保の「絵解」によれば、こういうことになる。

１　新政府の背後には、イギリス（軍）がいる。四民平等の新政府・箱館府になっても、漁民やアイヌを強収奪する請負制はかえって強化され、請負や外国（英）交易で私腹を肥やす一部の商人が、わが物顔に振る舞っている。

２　榎本の蝦夷島政府を後押しするのはフランス（軍）で、理念にも戦闘力にも欠ける榎本や大鳥の旧幕府高官、土方歳三や中島三郎助（旧浦賀与力）等の頑迷な佐幕武士団、さらには新たに召集された有象無象の民兵がおり、イギリス派の商人に取って代わろうとする利権漁りの商人までが控えている。

『五稜郭血書』　もともと「左翼新興歌舞伎」をかかげた前進座のために書かれたもので、昭和8年6月25日に築地小劇場で初演された。同年、『五稜郭血書　五幕』（筆名・東建吉）のタイトルで、プロレタリア戯曲叢書・第4輯として刊行され、『北海道文学全集』第10巻（昭和55年、立風書房）に収められた。

また、蝦夷島政府の「共和制」は、北海道の植民地化を狙うフランスの軍事顧問に吹きこまれた、蝦夷民を欺《だま》す建前というか「餌」にすぎず、榎本をはじめとする政府内の誰の頭にもなかったものだ。

3　案の定、穂足内で請け負い商人に対して一揆を起こした謀反者（丹羽文雄「暁闇」に登場）や、箱館奉行襲撃を目論んだり、請負制廃止で騒動を起こす平山金十郎（富樫倫太郎『箱館売ります』に登場）ら民兵は、榎本の口車にのり、見事に裏切られる。

4　箱館野戦病院で赤十字の理念を実行しようとする医師の高松凌雲は、名声欲にとりつかれている。

久保は、箱館戦争を舞台にしたこの作品で、新政府にも、蝦夷共和国を唱えた榎本政府にも、英仏をはじめとする外国勢力にも、「政商」はもとより一揆勢力にも、等しく将来を託すにたる要素はないとみなす。これは、明治近代は徳川封建制の遺制＝半封建であり、明治政府は「絶対王制」であるという、昭和7年に国際共産党《コミンテルン》が日本共産党支部に与えた綱領《テーゼ》の写しである証左だ。

舞台の脚本だから、ステレオタイプの登場人物もある程度やむを得ないだろう。だが、新知識をひけらかすが内実は小心者で、神経衰弱ゆえに自分の意見というものを持たない自尊心だけが強い榎本武揚ゆえに、新政府でも役に立ったなどという人物描写は、度が過ぎている。

高松凌雲（たかまつ・りょううん） 天保7～大正5年。幕末、明治期の医者。将軍侍医で、パリで医修業の経験を持つ。箱館戦争で赤十字活動に先鞭をつけ、民間救護団体のさきがけ・同愛社を設立。日本における社会福祉事業の先駆者となった。

さらに、土方歳三や中島三郎助（福沢諭吉と交誼《フレンドシップ》があった）などは、思想も思慮もない、ただ見事に死にたいという一念に凝り固まった単細胞の武士として描かれている。これでは土方も中島も浮かばれない。こうした描写は例外でなく、一事が万事なのである。

「箱館戦争は無でござる」、作者はこういっているとしか思えない。これじゃ、商都2万人の国際都市・箱館が、箱館人が、蝦夷民が泣くというものじゃないか。否定の中に肯定を見る――これが、久保栄の流儀としたマルクス弁証法思考ではなかったろうか。

ただし、この戯画化され、単純化された「絵《え》解《とき》」は、床屋談議の類としてはよくできている。昭和25年から同35年にかけての、東映時代劇の面白さにも通じるそれを、プロレタリア文学の久保が書いたのだから、なるほどと思える。

久保栄（くぼ・さかえ）
明治33年12月28日～昭和33年3月15日。札幌生まれ。父は札幌商工会議所会頭で、2歳のときに上京し、旧制一中、一高、東大独文をへて築地小劇場（新劇）に参加。脚本・演出に励み、プロレタリア文学運動に重きをなす。代表作に、昭和13年『火山灰地』、同27年『のぼり窯』があり、ともに北海道の十勝と江別を主舞台にしている。

3 吉川英治「函館病院」——箱館戦争サイドストーリー

箱館戦争のさなか、元柳橋芸者のお銀は思い人の幕兵を江戸に引き戻すべく、なじみだった榎本総裁を五稜郭に訪ねる。

が、もちろん愛する男にあわせてはもらえない。お銀は激戦に巻き込まれ、負傷し、箱館野戦病院の高松凌雲に手当てを受けた縁で、病院を手伝うことになった。男あしらいはいいから、殺風景な病院の人気者だ。

この病院、幕兵も官兵も区別なく治療していたが、戦いの最終段階で薩摩・久留米兵400名が乱入し、幕兵を捕虜にしようとした。

凌雲は命を賭して、ここは「日本人」を収容する病院であると説き「蛮行」を食いとめ、お銀をいたく感激させる。

陸軍参謀は、医者として中立の立場を堅固する凌雲にはかって、幕軍に「降伏の勧告状」を出させることにし、その使者をお銀に託す。榎本の返答は拒絶だった。

果たして箱館戦争は終わった。お銀は帰りの船の甲板から、脱走・変節し、夜盗の類として捕えられ、いままさに斬首されようとする思い人を見つける。

そのとき、あの人を「変節させたのは、——そしてあんな最期をさせたのは、やはり、

「函館病院」 「中央公論」昭和7年2月号に掲載され、昭和28年に六興出版社から刊行の『吉川英治短編集』第4巻に収められた（『北海道文学全集』第12巻所収）。

自分の誘惑だった」と気づいたお銀は、「女なんか出しゃばる場所でなかった」と述懐するのだった。

時代小説の大御所の手になる本作は、実話をもとにした、内容は重いが軽いタッチの短編（60枚）である。

吉川英治（よしかわ・えいじ）　明治25年8月11日～昭和37年9月7日。横浜・中村根岸（現南区）生まれ。高等小学校を中退後、働きながら作家をめざす。大正10年、東京毎夕新聞に入社。大正14年に「剣難女難」（「キング」連載）で注目され、昭和2年『鳴門秘帖』（「大阪毎日新聞」連載）で花形作家となる。昭和10～14年に発表した『宮本武蔵』で、「国民作家」の名を不動のものにした。

甦る幕末のヒーロー・土方歳三

現在、時代小説あるいは日本人の大衆＝多数意識の中で、幕末のヒーローと位置づけられるのはいったい誰だろうか。

間違いなく第一に指を折るべきは、坂本龍馬である。龍馬に次ぐヒーローは誰か。土方歳三であろう。この2人、半年ほど龍馬の方がはやく生まれたにすぎない。同じ時代を生きた2人は、京都で出会っている。（ただし敵対者としてだが。）

しかし、2人が日本人のヒーローになったのは「戦後」になってからのことだ。それも、司馬遼太郎の時代小説『竜馬がゆく』（昭和38〜41年）と『燃えよ剣』（昭和39年）の2冊によって、ヒーローに躍り出たのだった。

ただし、石狩・厚田出身の子母澤寛が記しとどめた『新選組始末記』（昭和3年）、『新選組異聞』（昭和4年）、『新選組物語』（昭和30年）や、『勝海舟』（昭和21年〈第1巻〉、昭和27〜28年〈全〉）、がなかったら、司馬の竜馬も歳三も生まれなかったのではなかろうか。生まれなかった、とわたしなら断言したい。

ともかく、『燃えよ剣』のあとがきに司馬が記したように、歳三は「男の典型」として司馬が龍馬とともに最初に取りあげたヒーローであった。

このとき以降、歳三は暗殺集団の冷血非情な剣士としてではなく、餓狼の集まりにすぎないと見られていた新選組＝浪士隊を一糸乱れぬ闘争組織に仕立て上げたオルガナイザー（組織者）として時代小説に登場することになった。

敗走する新選組の最後の残党で死に場所を求めてさまよう剣士とみるか、あるいは最後まで戦うことをやめず、どんな困難の中でも活路を開いた天才的戦術家で戦士とみるかにかかわらず、歳三は榎本脱走政府の幹部が降伏し生き残った中で、戦いの中で死んでいったただ一人のヒーローとして描かれてきた。

土方歳三を主人公とする時代小説の中から、代表的な作品をあげてみよう。

早乙女貢『新選組斬人剣　小説・土方歳三』（平成5年、講談社）
北原亞以子『暗闇から　土方歳三異聞』（平成7年、実業之日本社）
北方謙三『黒龍の柩』（平成14年、毎日新聞社、上下巻）
秋山香乃『歳三往きてまた』（平成14年、文芸社）
富樫倫太郎『美姫血戦　松前パン屋事始異聞』（平成17年、実業之日本社）

わたしの好みによって、5冊に絞ってみた。

この中でなんといっても異色の作が、北方の『黒龍の柩』だろう。

司馬は土方の中に、組織者・戦術家としての非凡な才能を見た。対して北方は、土方の中に、龍馬の「遺言」ともいえる「蝦夷へ！」の思いを、蝦夷独立国建設という形で引き継ごうという意志を読み取る。その実行プランとは、勝海舟と提携して、榎本首班の蝦夷島政府を発展的に解消し、その盟主に引退した将軍、徳川慶喜を迎えて蝦夷独立王国を築こうというものである。

北方は『林蔵の貌』で、蝦夷独立国の盟主に天皇を据え、その帝都を蝦夷の中央部に建設するというプランを披瀝した。そして『黒龍の柩』では、龍馬と歳三という幕末2大ヒーローを合体させ、歳三を革命の戦略家に仕立て直そうというのである。

龍馬も、歳三も、国民的ヒーローになり得たのは、幕末激動期に若くして一人は暗殺で、一人はほとんど自死に近い形で潰えたことが大きな要因となっている。いわゆる、「敗者」や「夭折」の美学である。

龍馬は京都で死んだ。その死は謎のままとどまっている。歳三は箱館で死んだ。藤井邦夫『歳三の首』（後出）では「生きて」いるが、自分がなにものであるかもわからずのままだ。

その箱館で歳三は甦る。何度もだ。これからもだ。とくに時代小説の中においては。

Ⅶ

松前藩・逸聞

時代小説における松前藩は、総じて「悪役」として登場する。

いわく、先住の蝦夷人を「同類」（ヒューマン・ビーイング）とみなさず、生存の自立を奪い、ひたすら搾取と抑圧の対象にした。いわく、和人地区（南蝦夷＝渡島半島南部）を設定し、蝦夷人の自由な出入りを禁じた。

いわく、蝦夷開拓を進めず、請負場所を設定して商人支配に任せ、蝦夷を未開・未墾のままに放置した。

いわく、北方防備＝国防に備えず、およそ武を本分とする武士集団の実を示さなかった。

極言すれば、蝦夷の「自立」をはかる政策と真逆をいった。

蝦夷が幕府直轄地になり、松前藩が小名に落とされたのも当然の報い、自業自得であった。松前藩は商人藩、松前武士は志を持たぬ軟弱集団であると――。

もちろん異論はある。強くある。そんな時代小説を紹介しよう。

1　宇江佐真理『憂《う》き世《よ》店《だな》　松前藩士物語』――望郷・松前藩

函館出身、函館在住の宇江佐真理が、時代小説の大型新人として登場したのは、平成9年『幻の声　髪結い伊左次捕物余話』（文藝春秋）においてであった。子母澤寛以来となる、北海道出身の純時代小説作家の登場である。

それからあっというまに50作あまりの作品が読者に届き、しかも駄作は一作もなかった。

平成16年、満を持すように刊行された22冊目が、愛「郷（蝦夷）」の時代小説ともいうべき、「夷酋《いしゅう》列像」「シクシピリカ」を含む作品集『桜花《さくら》を見た』（文藝春秋）である。快事である。同年『憂き世店　松前藩士物語』（朝日新聞社）、翌年には『たば風《かぜ》　蝦夷拾遺《しゅうい》』（実業之日本社）が続いた。

その中の一冊『憂き世店』（500枚）は、松前藩と藩士に対する「通念」が一変させられる作品だ。

ただし、前もっていえばこの小説、「幕末」ものではない。仕置（懲罰）にあった松前藩が、蝦夷地の支配権を奪われて伊達の梁川《やながわ》に移封された際、1万石の「大名」から9000石の「小名」に格下げされ、多くの家臣が家禄を失った時期（文化4

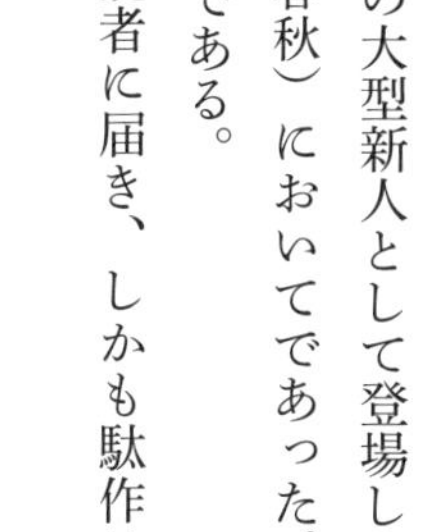

『憂き世店　松前藩士物語』平成16年、朝日新聞社から刊行され、同19年、朝日文庫に収められた。

〈1807〉年2月~文政4〈1821〉年12月）のことだ。藩と藩士、とりわけ元藩士にとっては「苦難」の時代である。

　移封で禄を失った主人公、元松前藩鷹部屋席の相田総八郎夫婦と、2人が暮らす神田三河町は徳兵衛長屋（＝憂き世店）の住人との、貧しいながらも人情あふれる悲喜こもごもの日常が主舞台で、そこに同じように禄を失った元松前藩士が出入りする。浪人生活が14年におよぶ相田夫婦は、生き方としてはほとんど江戸町人になっている。この憂き世店、まさに宇江佐ワールドだ。

　元松前藩士の望みは、蝦夷松前への帰封であり、自身の帰藩である。しかし、帰封の切り札は、一つが対ロシア問題の沈静化であり、いま一つが帰封を許す権限を有する幕閣への賄賂である。家老の蠣崎波響が描いて（文政元〈1818〉年に211枚）稼ぎ出した膨大な画料が、将軍徳川家斉、家斉の父で「大御所」を任じる一橋治済《はるさだ》、そして老中水野出羽守忠成等に贈る賄《まいない》の源である。だが帰封問題は、日々の生活にまぎれてしまいがちだった。

　賄賂でしか旧領地をとりもどせない苦衷。しかも、移封の因をつくった大殿（前領主）は、「座敷牢」にあるものの反省の色はなく、酒色に耽っている。家臣も旧家臣もそれを黙って見て過ごすだけだ。旧松前藩家臣団のなんたる体たらくであろうか。

　それでも総八郎夫婦は、大殿への尊崇を失わず、家老の労苦に涙し、帰藩の願いを

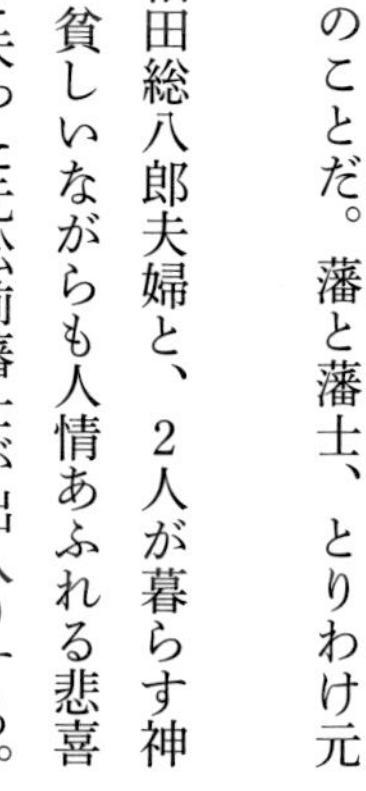

蠣崎波響（かきざき・はきょう）　宝暦14~文政9年。江戸後期の画家。松前藩12代、松前資広の5男。蠣崎家の嗣子となる。幼い頃より画を学び、寛政3（1791）年、円山応挙に師事し、画風を大きく変化させた。松前藩転封の際は、家老として領地回復に努め、資金調達のため精力的に作品を制作した。（図は、肖像画の傑作とされる「夷酋列像」の「イコトイ」）

棄てず、毎日を精一杯すごしている。

この物語で、松前藩と松前藩士の「負」の部分は、直接にほとんど描かれない。あくまでも、「悲運」に遭遇した被害者の立場からの物語なのだ。だが、世の片隅に追いやられた総八郎夫婦も、2人（と娘）が住む憂き世店の住人たちも、被害者意識を持つことはない。

だからこそ、この作品に点描される、松前藩とその藩士たちが長きにわたって等閑視してきたアイヌ問題、対ロシア防備対策問題等々の重要性が、かえって鮮やかに照らし出されることになる。

この問題、一藩はもとより数藩だけで解決できる問題じゃないということだ。同時にこの物語、松前への愛郷、望郷物語でもある。知るべきは、松前と梁川を追われるようにして江戸に出た、総八郎の妻なみとその娘友江にとっても、江戸の三河町の長屋と住人が「愛郷」になっていることだ。住めば都、しかし住まなくなると消失する、それが「愛郷」＝「都《ホーム》」だと著者がいっているように思える。

幕末を前後とする商都箱館を舞台にした時代小説は少なくないが、松前が舞台の作品はあまりない。函館出身で、江戸を舞台に作品を書き続けている宇江佐が、箱館のすぐ隣町ながらまったく違った由来を持つ松前を背景とした作品を書き続けている。

現代国際都市・東京にとっての江戸、商都国際都市・箱館にとっての松前、この対比構図が宇江佐作品から透けて見える。これこそ時代小説を読む醍醐味に違いない。古い過去の世界を新しい現在の世界で逆照射する、そのことで新しさを生みだした真のすみかを探り当てることができるのだ。

宇江佐には幕末ものにピッタリの「蝦夷拾遺」を副題とする作品集『たば風』（４５２枚）がある。だが、宇江佐の常の作品よりも、感情の起伏をぐんと抑えた『憂き世店』を紹介したのは、松前藩士のごくあたりまえの日常哀感を綴った作品が、ほかにありそうでないからだ。

松前を外側から見る松浦武四郎や、箱館に流れ込んできた人たち（花村萬月『私の庭』の主人公たち）には見ることのできない、「普通」の世界がそこにはある。

宇江佐真理（うえざ・まり） 昭和24年10月20日〜。函館生まれ。函館中部高、函館大谷女子短大をへてOLに。その後、職人と結婚して主婦のまま独力で作家をめざす。平成9年に『幻の声　髪結い伊左次捕物余話』（文藝春秋）で本格デビューし、大型「新人」の登場とあいなった。いまも函館在住を続ける、多産で駄作の少ない作家である。代表作に、平成9年『泣きの銀次』（講談社）、同10年『銀の雨　堪忍旦那為後勘八郎』（幻冬舎）等のアクセントの強い捕物人情哀話のほか、奇譚ともいうべき伝奇性の強い問題作に平成12年『雷桜』（角川書店）がある。

2　藤井邦夫『歳三の首』――幕末の松前藩が抱えた両義性《アンビバレンツ》

菊は栄えて葵は枯れる――七七七五の26音からなる都々逸の一部だ。同じように、箱館栄えて松前枯れる――は、幕末から明治期、蝦夷から北海道への転換期におきた栄枯盛衰のさまである。

ところで、松前藩は奥羽越列藩同盟から素ばやく抜け出し反幕・新政府側に鞍替えした、鵺《ぬえ》のような存在だ、という「通説」がある。そうだろうか。

作者の藤井は旭川出身で、映画監督、脚本家等で活躍したのち、時代小説を書き続けてきた多才多産な作家だが、蝦夷・北海道を舞台に描いた作品は、おそらくこれ一作しかない。

本書の主人公は新選組副長助勤、永倉新八である。戊辰戦争の敗北で官軍に追われ、松前藩の江戸屋敷に身を隠した新八は、「生粋」の江戸っ子である。

永倉家はもともと松前藩上士で、国家老が国賊となった新八の身を案じ、養子先を斡旋して松前に逃した。明治3年3月、江戸っ子の新八（31歳）はこのときはじめて藩領に足を入れ、養家に入って杉村義衛と名を改めた。

本書のストーリーは、次の言葉に凝縮される。

『歳三の首』　平成20年、学習研究社から刊行され、同23年、学研M文庫に収められた。

永倉新八（ながくら・しんぱち）　天保10～大正4年。幕末、明治時代の武士、剣道家。松前藩を脱藩後、新選組二番隊組長となり、池田屋襲撃に加わる。

土方歳三の首を古高弥十郎に渡してはならない。だが、歳三の首が、何処にあるのかは誰も知らない。

新八は新選組の幹部だったが、局長の近藤勇、とりわけ冷酷無慈悲な副長・土方歳三とそりが合わなかった。官軍との戦いで近藤と袂を分かち、各地を転戦したが、敗北し逃亡の憂き目にあった。近藤は斬首され、土方は新選組の生き残り16名とともに箱館戦争で華々しく散っていく。

ところが、箱館府の弾正台《だんじょうだい》（新政府の監察機関）に赴任してきた古高弥十郎（新選組に捕まり、密偵だとして土方に拷問をうけて自白を強いられ、池田屋事件の因をつくった古高俊太郎の従弟）は、従兄を殺した新選組憎し、歳三憎しの一念で、見つかっていない歳三の死体を探索し、その首を獄門台にさらそうとする。

それを阻止しようとする新八に、古高をはじめとした弾正台の手が伸びる。また、新選組から分かれて勤王をかざし、別派をつくって土方等に惨殺された伊東甲子太郎の実弟・鈴木三樹三郎もまた、新八を狙って江戸から流れてくる。

新八は、箱館戦争で最後まで歳三に付き従って戦死したはずの市村鉄之助（17歳）と箱館で出会い、飯屋のお仙に引き合わされる。江戸の近藤道場「試衛館」でときどき見かけていた女だ。

土方歳三（ひじかた・としぞう） 天保6～明治2年。幕末期の剣客。文久3年、近藤勇らと浪士組に参加後、京都に残り新選組副長となる。戊辰戦争で旧幕軍の戦闘指揮をとり、のちに箱館で榎本武揚らと蝦夷共和国を樹立。政府軍との雌雄を決する箱館戦争で戦死した。享年35。

こうして、旧新選組の新八・鉄之助コンビと、弾正台の古高・鈴木コンビおよび役人密偵たち、それに鈴木一派が入り交じり、「歳三の首」をめぐる三つ巴の闘いが繰り広げられる。だが、歳三の首のありかは杳《よう》としてわからない。鍵を握るのは誰か、首の行方を知るものは誰か、そして最後に大どんでん返しが待っている。

　この小説に、松前と松前藩にかかわる描写部分は少ない。しかし、幕末・維新における松前藩と藩士の分裂《アンビバレンツ》気分が、永倉新八に対する処遇によくあらわれている。その気分があるからこそ、国賊をかくまい、逃がし、養子先を斡旋し、縦横無尽の活躍を可能にさせるのだ。

　その上、新八自身がアンビバレンツである。

　松前藩の名望家（定府取次役１５０石）に生まれながら、家を出て剣術使いになるべく、こともあろうに試衛館などという「田舎」道場に通い、上洛して浪士隊・新選組に加わる。その新選組で最強の剣士と謳われながら、常にアウトサイダーの位置にいて、近藤・土方と袂を分かつ。

　その新八が、土方の、ひいては新選組の「誠」を守り抜こうとするのだ。

　のちに新選組最後の「語り部」となり、小樽で大往生を遂げる新八の、前半生のひとコマをうかがうにたる作品である。

藤井邦夫（ふじい・くにお）昭和21年11月22日～。旭川生まれ。日大芸術学部卒。昭和45年、東映テレビプロに助監督として入社し、現代・時代劇を問わず４００本以上の脚本を書く。平成14年発表の『陽炎斬刃剣　日暮左近事件帖』（廣済堂文庫）を皮切りに、『神隠し　秋山久蔵御用控』（ベスト時代文庫）、『投げ文　知らぬが半兵衛手控帖』（双葉文庫）等の捕物帖シリーズを文庫書き下ろしで執筆している。なお、『歳三の首』はシリーズから独立した単行本だ。

3 土居良一『海翁《かいおう》伝』——松前藩の起源を問う

蝦夷を長きにわたって領有支配した松前藩は、小説世界ではとにかく評判が悪い。とくに幕末期の松前藩は悪評紛々で、本書でも例示した通りだ。しかし「悪評」に過ぎる、というのがわたしの考えである。松前藩の「起源」にさかのぼってこの問題を解こうとする貴重な試みが、札幌出身で石狩在住の作家、土居良一『海翁伝』（５４３枚）によってなされた。壮挙といってよいだろう。

土居は昭和54年、『カリフォルニア』で第一回群像新人長編小説賞を受賞し、同59年の『夜界』等で注目を浴びた。そんな作家が時代小説、それも松前氏のルーツを鮮やかに開示する小説を書いたのだから、それ自体が快挙といってよい。

作家は創作力がなくなったら、時代＝歴史小説を書くという説がある。愚説である。時代小説ほど、読者の想像・創作力を刺激する作品はない。一点の「史実」から、膨大な言葉の綾を織り上げる。あるいは「歴史」それ自体と見紛うばかりの見事な記述を紡ぎ上げる。そもそも「歴史」とは、記録されたもの＝書かれたもの＝言葉の集合体のことである。想像＝創造力が欠如した者に、小説はもとより時代小説など書け

『海翁伝』平成24年、講談社文庫から刊行された。

はしない。

その「起源」となる蠣崎《かきざき》秀広は、秋田の安東《あんどう》氏（蝦夷管領）を主家とする蝦夷南端部を支配していた。蠣崎氏の始祖から数えて４代目にあたり、その妻は河野氏（箱館）の娘である。２人の間に生まれた慶広は、豊臣秀吉の天下平定、続く家康の天下統一を機に、安東氏の没落もあって交易権（朱印状）を得て自立、松前と改称して大名の道を歩みはじめた。この小説は、親子２人の決して平坦ではなかった歩みを克明に記しとどめる。

この松前藩創立者の思いを要約すれば、以下の２つに集約される。

１　無石（米のとれない）の島に居する我らが生きるすべは交易であり、戦いではない。

２　この蝦夷ガ島を守るためにこそ、蠣崎はおる。

だからこそ、主家の安東氏と隣国南部との抗争に慎重に対処し、武で天下統一をはかる信長や、朝鮮出兵を強行する秀吉に反抗はしないが迎合もせず、古来民《アイヌ》と和睦をむねとし、なによりも交易・商を重んじたのである。（幕末の松前藩において、兵士の訓練や武器の備えが貧弱で、まるで「商人」の体しかなしていないという遠因は、そもそものルーツにあったというべきだろう。変質したのは、蝦夷民への苛酷支配だった。）

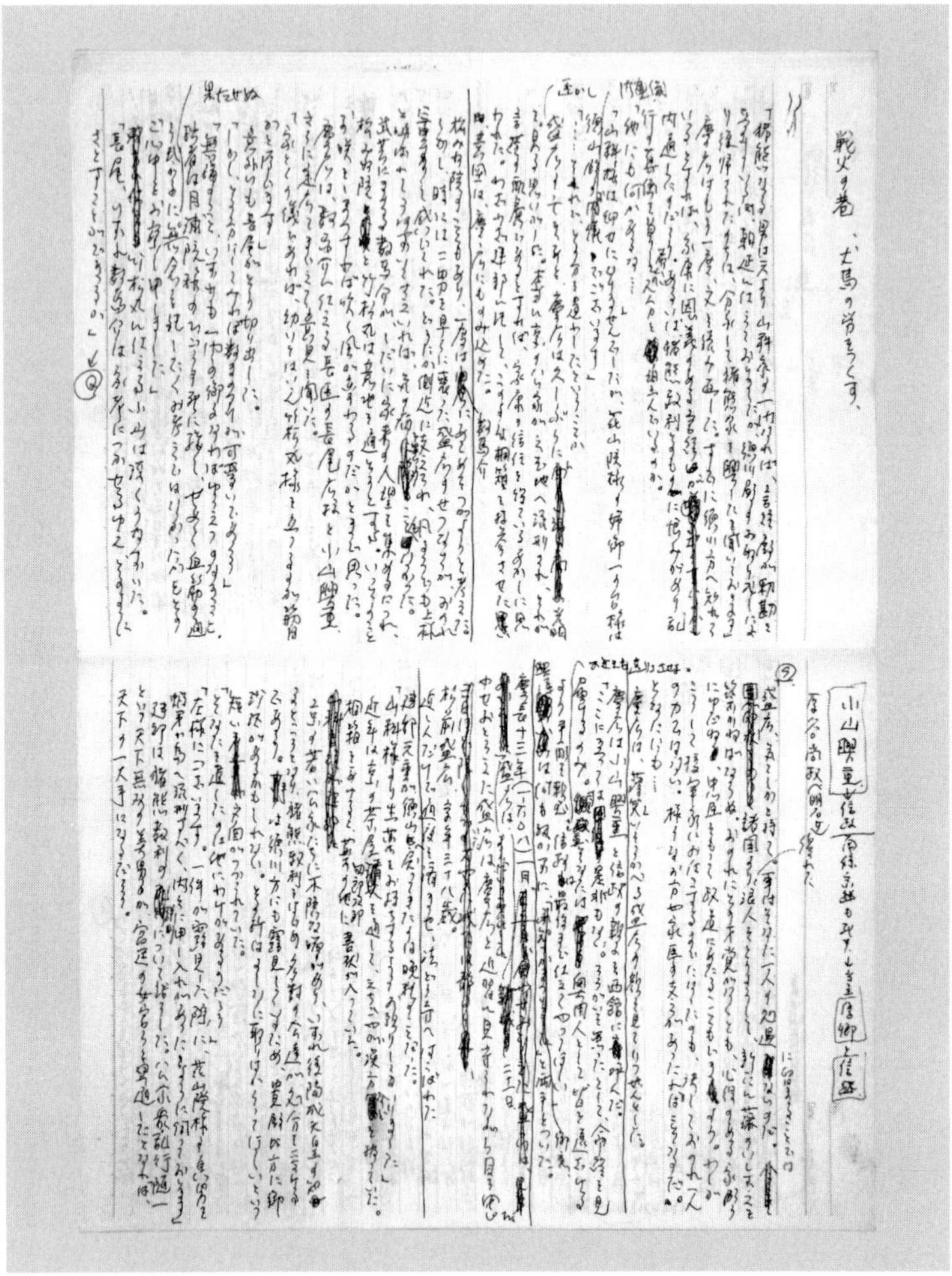

▲『海翁伝』の草稿ノート（石狩市民図書館蔵）

松前藩はこの2代で、独立国＝大名としての認知を得るところまでたどり着く。が、2人にとって心痛の種は、当主の後継をめぐる内部抗争であった。これに多くの犠牲が強いられていく。

なお作品は、松前・蠣崎氏と、その先祖である河野・村上氏との歴史的つながりに多くの枚数を費やしている。河野・村上氏は瀬戸内海を本拠に全国を股にかけて活躍した水軍で、海商でもあった。北端に盤踞し、海の交易を主とする海商・松前藩のルーツとなった理由だ。

いま一つ、蝦夷南端は12の「館《たて》」（茂別館、花沢館等）からなる部族連合であった。それを血縁で結び、統合し、蠣崎＝松前家を正統当主にする内治が、安東氏から独立する経緯と並行して進められなければならなかった。この作品が2代にわたる粛清の歴史を詳しく追っている理由だ。そこに、松前氏と蠣崎氏はルーツが同じでも、松前＝主家、蠣崎＝分家となる理由が重なっている。

この小説、決して読みやすくはない。一つは、これまで松前藩の歴史が、克明な形でほとんど小説化されてこなかったことにある。もう一つは、どんな歴史にもおこり得ることだが、近代日本において松前が取り残されたことによる。

歴史は発見である。土居の「発見」によって、松前藩がわたしたちの前に克明な姿を現しはじめたことを喜びとしたい。

土居良一（どい・りょういち）
昭和30年3月23日〜。札幌生まれ。札幌旭丘高卒業後、アメリカ留学をへて昭和54年『カリフォルニア』（講談社）でデビュー。『夜界』（昭和59年、河出書房新社）、『ネクロポリス』（平成元年、講談社）、『こわれもの』（平成15年、講談社）等の問題作を発表。現在は石狩市に在住する。

コラム

永倉新八——新選組最後の生き証人の「幸運」とは

新選組隊士の中で、最も多く小説に登場するのは土方歳三である。それに次いで多いのが、永倉新八ではないだろうか。

『新選組　永倉新八のすべて』（平成16年、新人物往来社）という便利な本がある。そこに「年譜」と「関連文献」が載っていて、これが実に詳しい。文献の数も尋常ではない。理由がある。

新八は、①新選組随一の剣の使い手であり、②77歳の長寿をまっとうし、③語り部であり著述を残し、④新選組顕彰に励んだ。その著書の一冊が『新撰組顛末記』(昭和43年、新人物往来社)である。⑤その上、新八の曽孫の2人が、新八の新しき語り部になっているのだ。

その著書としては、杉村悦郎『新選組永倉新八外伝』（平成15年、新人物往来社）、杉村悦郎・杉村和紀編著『新選組永倉新八のひ孫がつくった本』（平成17年、柏艪舎）、杉村悦郎『子孫が語る永倉新八』（平成21年、新人物往来社）がある。

これこそ新八にとって、最大の「幸運」ではないだろうか。

Ⅷ

エンターテイメント

時代小説は大衆小説である。娯楽を基本とする。それは吉川英治の小説でも、山本周五郎、司馬遼太郎の小説でも変わらない。「娯楽」を「堕落」とか「低俗」というのは、根本で間違っている。

その上でいえば、娯楽性に徹した作品をとりあえず「エンターテイメント」ということができる。映画でいえば黒澤明の『七人の侍』である。小津安二郎の『東京物語』と区別できるだろう。

ここに取りあげるのは「伝奇」性の強い、しかも文句なく誰が読んでも面白い作品である。幕末蝦夷・北海道の「雰囲気《きぶん》」を満喫してほしい。

1　佐々木譲『黒頭巾旋風録』——正義の味方、黒頭巾がやってきた！

本書『黒頭巾旋風録』（５２０枚）は、松浦武四郎から聞き書きしたとして残る、

「それ黒頭巾なる怪傑、トカプチ（＊十勝川）からアッケシ（＊厚岸）、ニムオロ（＊根室）にかけての土地を疾駆し、悪行はなはだしき和人らをさんざんに懲らすという。誰もその正体を知らず。忽然と現れては去ってゆくこと、あたかも旋風のごとしという。黒頭巾の風説、天保のころ東蝦夷地一帯に広まるも、弘化のころには聞かず」

（＊は引用者注）

という文章を元に著者が創作したという設定で書かれた、「北海道ウェスタン」シリーズの一冊にいれるべき痛快な一篇である。

ときは天保８（１８３７）年、松前藩がふたたび蝦夷支配に復帰した時期に当たる。しかし、松前藩の悪政とりわけアイヌに対する圧政は、かつてよりさらにひどくなっている。

『黒頭巾旋風録』「赤旗」日曜版（平成13年1月18日～同14年12月10日）で連載。平成14年に新潮社から刊行された。

その中でも、アッケシに新しくやってきた松前藩の勤番頭大垣嘉門がもっとも苛烈で、場所請け商人の近江屋も大垣に勝るとも劣らない悪辣非道な人間であり、ともにアイヌを物《ぶつ》同然、否それ以下に扱った。

舞台は東蝦夷最大の請負場所があるアッケシで、主人公は幕府が創建した蝦夷「三官寺」の一つ、国泰寺に副住職としてやってきた若い僧・恵然《けいねん》である。

彼は「黒頭巾」に身を変え、松前藩や場所支配人たち和人によるアイヌ虐待を見逃せず決起。栗毛の駒にまたがって鞭を振るい、神出鬼没の活躍をする。その助手となって活躍するのが、アイヌの少年トツケである。

黒頭巾といえば、すぐに思い起こすのが高垣眸《たかがきひとみ》『快傑黒頭巾』（昭和10年、大日本雄弁会講談社）である。主人公の黒頭巾は謎の討幕勤王の志士で、月光仮面と同じように「黒頭巾のおじさんは正義の味方だ、好い人だ。疾風のように現れて、疾風のように去ってゆく……」。

そしてこの原型となったのが、大正13年初編の大佛次郎「鞍馬天狗」シリーズである。どちらも映画やテレビで大評判をとった。わたしの見た「快傑黒頭巾」は大友柳太朗が演じ、「鞍馬天狗」はいわずと知れた嵐寛寿郎の十八番であった。

しかし、佐々木黒頭巾を一読したときすぐに思い出されたのは、アメリカから輸入されたテレビドラマ「グリーン・ホーネット」である。新聞社の若社長が緑のマスク

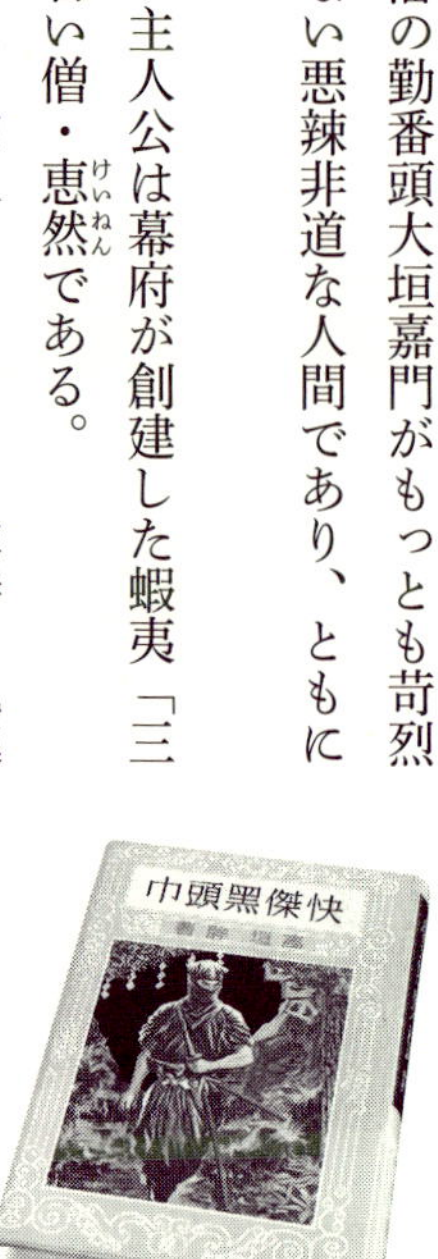

『快傑黒頭巾』 作者の高垣眸は、昭和期の児童文学作家、大衆小説作家。昭和10年発表の本作は、伊藤幾久造の挿絵とともに大評判となり、当時の子どもたちを熱狂させた。

で変装し、愛車を駆って悪漢たちに正義の鉄槌を下すという内容で、そのとき日本人助手に扮して見事な空手技を披瀝したのが、若き日のブルース・リーであった。

黒頭巾は臨済宗の僧である。グリーン・ホーネットと同じように、殺生をしない。鞭を振るうのはそのためだ。何度も正体がばれそうになり窮地に陥るが、黒頭巾が助けたアイヌ兄弟が「黒頭巾」に変装して、危難を救うのだ。最後に大垣の奸計にはまった黒頭巾は、捕まってあわや磔の刑に処せられる寸前……。

そして7年後、成長したトツケ青年の前に松浦武四郎が現れる。黒頭巾はもういないが、黒頭巾伝説が残ったのである。

佐々木譲（ささき・じょう）
経歴は38ページ参照。

コラム

佐々木譲と幕末活劇4部作

想像をたくましくすれば、佐々木譲――21世紀日本ミステリ界の「エースのジョー」は、20世紀に登場した日本探偵小説の「エースのジョージ」――すなわち谷譲次《じょうじ》(代表作「めりけんじゃっぷ」もの、本名長谷川海太郎《かいたろう》、筆名林不忘《ふぼう》・牧逸馬《いつま》)を、かなり近い視野の中に入れて、自身の作品を書いているのではあるまいか。

そもそも2人は北海道出身だ。

そうした想像を掻き立てる一端となったのが、幕末活劇《ウェスタン》ともいうべき4部作の存在だ。『五稜郭残党伝』(平成3年)、『雪よ　荒野よ』(平成6年)、『北辰群盗録』(平成8年)、『帰らざる荒野』(平成15年)の4作である。(すべて集英社刊、のち集英社文庫に収められた。)

幕末から明治初期にかけての北海道を舞台にしたそれらの作品で、佐々木は活劇の背後にたたずむ、開拓前夜から開拓直後の風俗や風景を、実に丁寧に切り取っている。

ただし、谷譲次の作品は無国籍者の「日本脱出」行である。佐々木のエスピオナージ(諜報活動)もの、警察小説が、どんなに脱日本意識が濃厚であっても、日本を肯定的に描こうとしているのとは対照的だ。

そして彼の時代小説にも、こうした志向が色濃く表れている。

2 矢野徹『カムイの剣』——時代考証の行き届いた幕末冒険譚

北海道・蝦夷の幕末時代小説をテーマにしたブックガイドを書こうというとき、これだけは欠かせないと思えるのが、矢野徹『カムイの剣』である。

矢野は日本ＳＦ（空想科学小説）界に特別の席を占める。海外ＳＦの紹介や翻訳、そしてＳＦ小説にと、大車輪の活躍をしたＳＦ黎明期からの作家だ。

ＳＦ作家が時代小説を書いた例として、光瀬龍『秘伝・宮本武蔵』（昭和51年、読売新聞社）、星新一『城のなかの人』（昭和48年、角川書店）、荒巻義雄「猿飛佐助」シリーズ（平成元年～同4年、角川書店）等、それほど多くない。が、時代小説の本筋は「伝奇」＝ロマン・奇談である。国枝史郎『神州纐纈城《しんしゅうこうけつ》』、山田風太郎の忍法帖シリーズは、立派なＳＦでもある。

『カムイの剣』全5巻のうち、第1、2巻が幕末期で、最後の第5巻がロシア南進策編だ。そして第1巻の主舞台が蝦夷・千島となっている。

その梗概である。

1　ペリー艦隊が押し寄せているさなか、下北半島の佐井に柳行李《やなぎごうり》が流れつく。中には赤ん坊と短刀がはいっていた。赤ん坊はアイヌと和人の混血で、短刀は日月螺鈿《らでん》

『カムイの剣』 昭和45年に立風書房から刊行され、同50年に角川文庫に収められた。昭和59年、アニメ映画化されるに際し、挿絵つきで2分冊化されて角川文庫に再度収録。その後、続刊として3～5巻が角川文庫に収められた。

がほどこされた鞘《さや》を持つ。長じてアイヌと和人、ひいては人種差別と戦うカムイ・次郎、本書の主人公だ。（ここまではキリスト生誕と貴種流離譚を思い起こさせる。）

2　次郎の運命は、幕府隠密の怪僧・天海によって操られていた。

14歳のとき、育ての母と姉を殺した嫌疑をかけられ蝦夷に逃げた次郎は、天海の命で苛酷な忍者修行を課せられる。各地のアイヌ部落に侵入し、アイヌ＝コシャマインの秘宝を探るためだ。ビラトリ、カムイコタン等を探索するうち、次郎は天海こそ父母を殺し、自分やアイヌを奴隷のように操る巨魁だと悟り、抜け忍となって逃亡。ついに秘境の地・知床に追い詰められる。

3　次郎が知床のアイヌ部落で出会ったのが、幕府に追われて落ちのびた安藤昌山（医者・思想家で知られる安藤昌益の孫）で、昌山から人間平等の思想と学問のたいせつさを教え込まれる。次郎の真の覚醒だ。そしてアイヌの秘宝は、実は大海賊のキャプテン・キッドが残した、総額1億ドルにのぼる財宝のことであることを知る。天海は幕閣の命によってそのありかを捜しており、その場所を解く鍵こそが、次郎の持つ短剣にあったのだ。

4　財宝がアメリカにあることを知った次郎は、現地民とトラブルを起こした黒人奴隷水夫サムを助け、彼の乗っていたアメリカ捕鯨船に乗り込む。だが、トラブルに巻き込まれた次郎とサム、そして女忍者の雪（天海の指示で次郎の命を狙うが、逆に助けられる）は、カムチャツカの氷原に降ろされてしまう。極寒の中で天海の追跡を断つことができた次郎とサム、雪だが、その過程で2組に別れ別れになるも、それぞれがゴールドラッシュにわくカリフォルニアにたどり着くことができた。次郎は一人、秘宝のありかである「サンタ・カタリナ島」を目指すが、そのあとを天海も執拗に追い続けていた――。

　と、ここまで読むと、波瀾万丈の秘宝発見・冒険物語に思えるだろう。然り、かつ否、である。

　ついに秘宝を探り当てた次郎は、天海も倒し、莫大な財をたずさえて慶応元（１８６５）年、ついに日本に帰還する。

5　だが、次郎の運命を自在に操っていたかにみえた天海もまた、主戦派で幕閣の勘定奉行・小栗忠順や小笠原佐渡守（唐津藩主の長国〈老中・長行《ながみち》の「養父」〉）の操り人形にすぎなかった。その小栗の背後にいるのが、日本支配を目論むフランスである。

　そして、幕府と外国勢力に対抗するのが、討幕をめざす薩摩と西郷で、天海に殺された次郎の「父」は、西郷の命を受けて天海・幕府隠密団に入り込んだ二重スパイであったのだ。

　同じように天海隠密団に潜入した忍者・三平の助力で、次郎は幕府と外国勢力の陰

小栗忠順（おぐり・ただまさ）　文政10～慶応4年。幕末の幕府官僚。万延元（１８６０）年、日米修好通商条約批准の使節として渡米。外国・勘定・軍艦などの各奉行を歴任し、財政、軍制の改革を行なう。戊辰戦争で抗戦を主張し、新政府軍によって処刑された。

謀を防ぎ、師の昌山が教えた人種差別（和人対アイヌ、有色人対白人）のない四民平等社会の実現に力を尽くしていく。その活動のために財宝が活用されるというわけだ。

たかが時代小説と侮ってはいけない。本書の解説で星新一もいうように、作者の時代考証が行き届いていること、尋常ではないのだ。アイヌの「コシャマインの戦い」やロシアのエトロフ島襲撃事件等が実に巧みに取り入れられている。

それればかりでない。たとえば、この作品に登場する無数の土地は、佐井（青森県）からはじまってサンタ・カタリナ島まで、わたしの知るかぎりすべて実在する。

著者である矢野の考証癖は、第2次世界大戦・イタリア戦線で日系2世たちが「星条旗」のために戦った記録《ドキュメント》『４４２連隊戦闘団　進め！日系二世部隊』（昭和54年、角川文庫→平成17年、柏艪舎〈『４４２』に改題〉）でも、いかんなく発揮されている。

矢野徹（やの・てつ）　大正12年10月5日〜平成16年10月13日。愛媛・松山生まれ。神戸二中、中央大法学部卒。ＳＦファンが高じ、昭和28年に渡米。帰国後、日本初のＳＦ商業誌を創刊する。ＳＦ紹介や２００作以上の翻訳があるほか、小説に昭和45年『コブテン船長の冒険』、短編集に同56年『最後の忍者』等がある。主要な小説は角川文庫に収められている。晩年はパソコンゲームに熱中。関連する作品として、『ネットワーク・ソルジャー』（平成2年）をはじめとする「連邦宇宙軍シリーズ」（ハヤカワ文庫）が7冊ある。

3　朝松健『妖変!箱館拳銃無宿』——箱館租界の仕置き人

札幌生まれの朝松健は、幻想・怪奇を得意とする小説家で、時代小説も書く多産作家の一人である。その赤松に、幕末蝦夷時代小説どんぴしゃりの作品がある。『妖変!箱館拳銃無宿』（450枚）は、まさに「妖怪変化」の箱館版「拳銃無宿」である。ただし、主人公は「無宿」ではない。箱館奉行や大目付を歴任した津田正路の記録にのみ現れる謎の役職、「公儀弾込《たまごめ》方」として万延元（1860）年、幕末の箱館にやってきた男、橘丈太郎である。

父がロシア人、母が日本人という橘は、水戸家に縁ある美貌の「若さま」だ。さらに、剣、十手術、拳銃等の名手でもあり、なによりも女好きで女にもてる。こんなところが、与力の鮫川をはじめとする敵役には気に入らない。

清の貿易商とその用心棒が、治外法権を後ろ盾に、メキシコ銀貨の偽造を企んで、怪事件を次々に引き起こす。この偽造団に対抗するのが、村垣範正（幕府お庭番から松前奉行、勘定方と進んで、幕府の暗部を動かしたといわれる村垣定正の息子）をはじめとする箱館奉行3人で、丈太郎は治外法権をいいことに無法勝手を働く外国人を誅殺するために派遣されたようである。（最後に印籠《いんろう》ならぬ無敵の御印《みしるし》が登場する場

『妖変!箱館拳銃無宿』平成4年、徳間書店よりTokuma novelsとして刊行された。

面は笑えてしまう。）

この小説の見せ所は、「公儀弾込方」という実態不明の特別職をいただき、異形な風体で活躍する主人公の破天荒な行動にある。（ただし、べらぼうに強く外国語もできるが、おつむの方はそれほどいいわけではなさそうだが。）

偽造団トップの清商人は、常軌を逸したサディスティックな少女好きの色情魔である。用心棒3人も、妖術や拳法はじめとする残虐無体な殺人技を恣《ほしいまま》にする。（この4人の無軌道ぶりは、かえって真実味を削いでいるように思える。）

しかし、なんといってもこの小説最大の読み所は、ロケーションにあるといえるだろう。

幕末の箱館が文字通り国際色豊かな都市で、そこに着いたばかりの丈太郎の目に、ハリストス正教会が飛び込んでくる。

そして丈太郎がねぐらにするのは、江戸の吉原にも比肩できる山の上遊郭街の一つである。

また、偽造団が巣くう広東屋敷には、某領事館とつながる地下道があり、その抜け道は室町末期に松前家の前身である河野氏が箱館に築いた「館」（城）の跡である。

という具合に、虚実入り交じった「現場」が登場するのだ。

ではこの小説、荒唐無稽の物語かというと、そう決めつけるわけにもいかない。万

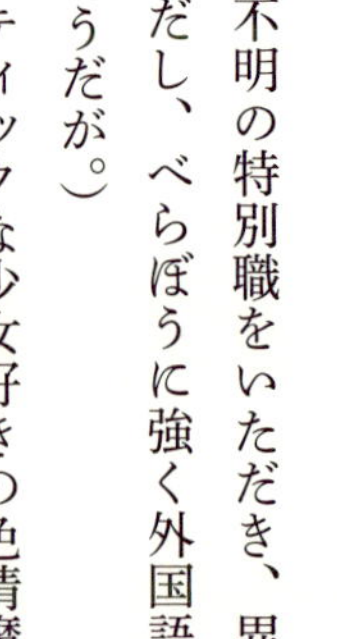

村垣範正（むらがき・のりまさ） 文化10～明治13年。幕末の幕臣。安政元年、勘定吟味役となり、海防掛ならびに松前蝦夷地掛となって北蝦夷地を視察。安政3年、箱館奉行に就任し、その行政手腕は練達と評された。安政5年には外国奉行を兼任し、米国、ロシアなどとの折衝を担当。のちに勘定奉行や作事奉行、若年寄等を歴任した。（肖像は北海道大学附属図書館蔵、『明治大正期の北海道〈写真編〉』からの転載）

延元年当時、箱館はすでに人口2万に迫る大都市である。同時期、咸臨丸が渡米したサンフランシスコが2万余人だったことを考えると、火縄銃ではなく、さまざまな連発銃が日本人の手によって製造され、拳銃の弾が乱れ飛ぶ、無法の街だったということは「不可能」ではないだろう。

戦国期と幕末期が、地下道でつながっているシティ箱館物語でもあるのだ。

朝松健（あさまつ・けん）
昭和31年4月10日〜。札幌生まれ。札幌月寒高（佐々木譲の後輩にあたる）をへて東洋大文学部仏教学科卒。昭和47年に幻想怪奇小説同人「黒魔団」を結成し、西洋魔術の紹介や翻訳分野を切り開く。昭和61年『魔教の幻影』（ソノラマ文庫）で作家デビュー。妖怪時代小説シリーズとして、元禄霊異伝・一休・室町伝記集・真田十勇士・歌舞伎ファンタジー等の作品群がある。

4 颯手達治『若さま秘殺帳』——もう一つの「若さま」捕物帖

捕物帖は時代小説の華である。そもそも「時代小説」という大衆小説の原型を創ったのは、シャーロック・ホームズの江戸版、それも幕末を舞台にした岡本綺堂の『半七捕物帳』であった。

その数ある捕物帖の中でも異彩を放つのが、城昌幸『若さま侍捕物手帖』シリーズ（昭和25年、春陽堂）で、大川橋蔵や田村正和の主演で映像化もされている。

その「若さま」捕物帖には、別な作家によるもう一つのシリーズがある。それが颯手達治の「若さま」事件帖シリーズで、数ではだんぜんこちらの方が多い。城の「若さま」が同一人物なのに対して、颯手の「若さま」は登場人物も時代も異なっている。

その中で、幕末に活躍したのが「すずめの若さま」こと佃紋十郎が活躍するシリーズで、『若さま秘殺帳』『蜘蛛の巣殺人事件』『挿替《すげかえ》奈落の殺人』（各春陽文庫）などなど多数の作品がある。

しかし、なぜ颯手達治の「若さま」が本書に登場するのか。

ほかでもない、颯手が札幌出身の時代小説作家だからだ。増井廉の筆名で純文学から出発し、時代小説に転じてからは、山手樹一郎の「雰囲気」をよく継ぐ、隠れたファ

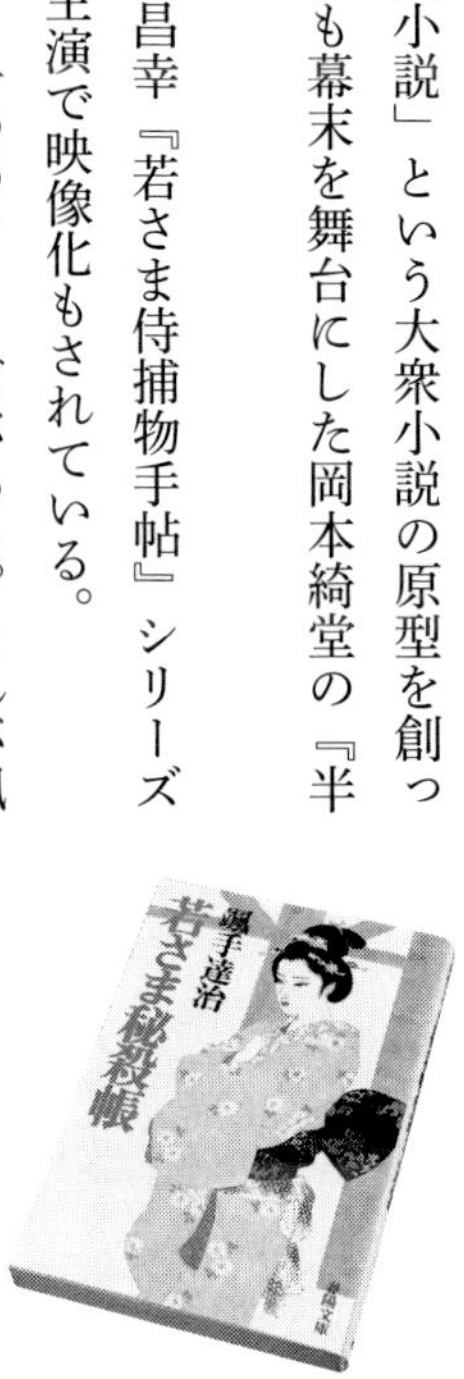

『若さま秘殺帳』昭和54年、春陽堂書店から春陽文庫として刊行された。「若さま」事件帖シリーズとしては、昭和33年『若さま飛車』から、平成7年『若さま旅愁峠』まで、約60作が刊行されている。

ンを数多く持つ文字通りの大衆作家である。

時代小説は大衆小説であり、誰でも安心して読み楽しむことのできる作風にこそ、その本筋があるのだ。

颯手の「若さま」事件帖シリーズは、どの作品も時代背景が具体的に書かれているわけではなく、登場人物もほとんどが「架空」である。しかし、ここが面白いところで、若さま紋十郎シリーズでは遠山の金さん（町奉行・遠山金四郎景元《かげもと》、寛政5〜安政2年）や大久保佐渡守（烏山藩主、文政3〜元治元年）等、「幕末」期にかなり名の知れた人物が登場するのだ。

読み手は、インターネットや『日本史必携』等の事典などを活用して、作者がそっとはめ込んだ実在の人物の「地位」や「言動」から歴史を推察する——というのも、時代小説を読み味わう一つの楽しみだろう。

暇をもてあました長屋裏店に住む「すずめの若さま」こと佃紋十郎が、偶然「怪事件」に出あい、取り巻きの芸者・小巻、奥医師の玄久、元夜盗の権三等とともに、事件探索の深みにどんどんはまってゆく。

そのあげく、幕府や藩、大家や大店を揺るがすような事件の究明に奔命せざるを得なくなり、最後は快刀乱麻、悪を断つという仕上げになる。

颯手達治（さって・たつじ） 大正13年6月13日〜平成21年4月11日。本名は吉田満。札幌生まれ。小学校卒業後に東京へ移り、旧制東洋商業をへて慶応大に進む。戦後、「札幌文学」創刊に参加するも、昭和26年に上京。増井廉の筆名で書いた「鶴」（「新潮」昭和26年12月号掲載、のち『北海道文学全集』第20巻〈昭和56年、立風書房〉所収）で注目された。なお颯手は、文芸評論家・中澤千磨夫（北海道武蔵女子短大教授）の実父である。

補　蝦夷・北海道の幕末時代小説をさらに楽しむために

1　蝦夷・北海道の歴史を知る

北海道・蝦夷の幕末時代小説である。どんなに「歴史」から遠ざかろうとも、時代は「幕末」、場所は「蝦夷・北海道」である。「歴史」の諸事実や現場をまったく無視はできない。

いくら小説（フィクション＝虚構）だからといって、たとえば「怨霊」ならいざ知らず、織田信長その人が幕末に現れて、討幕のリーダーになるというのでは、やはり困る。

時代小説をより楽しく読むためには、最低限度の歴史的事実、歴史的常識を知っておく必要があるだろう。（無条件に信じるのはもっと困るが。）

とはいえ「歴史」書は、序章で述べたようになかなか厄介だ。

そんな中で、北海道・蝦夷の幕末の歴史を知るためのかっこうのガイドブックが現れた。わたしが「黄色い本」とよんでいる、桑原真人・川上淳『北海道の歴史がわかる本』（平成20年、亜璃西社）である。

1　まず読みやすい。歴史の素人にもわかるよう、北海道歴史研究の専門家がかみ砕いて説明してくれる。類例がないだろう。

2　「常識」とみなされている偏見が、目から鱗が落ちるようにはがされてゆく。たとえば、アイヌ文化は「いつ」生まれたのか、である。（本書を精読すると、アイヌは先住民だが、原住民あるいは縄文人ではないという「推論」もなりたつ。）

3　イラスト・図解や写真、それに簡潔明快な脚注が多くそえられていて、立体的に歴史が理解できる。戦国期から蝦夷・松前藩がどうして生まれたのか、等が手に取るようにわかる。

この本、時代小説を読むために書かれたのではと思えるほど、最新の歴史研究の成果を踏まえながら、歴史の基本ラインからときには細部まで、懇切丁寧に記述してある。

このほか、北海道の歴史を概説するものとしては、『北海道の歴史』〈上巻〉古代・中世・近世編、〈下巻〉近代・現代編（平成18〜23年、北海道新聞社）や、『県史1　北海道の歴史』（平成12年、山川出版社）などもあるが、内容は専門的だ。

2　司馬遼太郎の幕末時代小説を参照して

幕末の北海道・蝦夷は、孤立してあったわけではない。

渡島半島南端の「蝦夷」は、津軽におかれた蝦夷管領・安東氏の支配から独立して、江戸初期に松前藩になった。「鎖国」日本というが、江戸期を通じて日本は、長崎だけでなく、対馬口（対朝鮮）、薩摩・琉球口（対清・東南アジア）、松前口（対樺太→清、千島→ロシア）という、４つの交易の出入り口を持っていた。

日本の中の、近隣諸国の中の、そして欧米諸国の中の蝦夷・北海道という観点から眺めてみると、蝦夷・北海道がずいぶん違って見えてくる。万延元（１８６０）年、箱館と（この年、咸臨丸が到着した）サンフランシスコがほぼ同じ人口だったなんて、想像できるだろうか。

北海道・蝦夷、日本、近隣諸国、欧米諸国という諸圏の重なりの中で歴史を捉えるようにして、幕末の時代小説を書いたのが司馬遼太郎である。

司馬遼太郎の時代小説、歴史紀行に記された、人物評価や歴史のつかまえ方、地誌や政治経済力学の描写等は、賛否にかかわらず、北海道・蝦夷の幕末時代小説を読むための最上のガイドブックである。

司馬の長編小説にかぎっていえば、北海道・蝦夷の「幕末」を直接扱ったものとして、『燃えよ剣』（土方歳三、榎本武揚等）と『胡蝶の夢』（関寛斎）がある。

また、幕末の日本を理解するためには、『竜馬がゆく』（坂本龍馬）、『新選組血風録』『歳月』（江藤新平）、『世に棲む日日』（吉田松陰、高杉晋作）、『花神』（大村益次郎）、

『峠』（河合継之助）、そして『菜の花の沖』（高田屋嘉兵衛、対ロシア関係）がいい。

司馬は、戦国期の「信長」一人《いちにん》を、幕末期の「竜馬」一人を描くために、あの膨大なる時代小説を書いた、いや書かざるを得なかったともいえる。こうした視点で幕末時代小説を捉えると、面白みが倍加されるのではないだろうか。

3　豊穣なり、北海道出身作家の時代小説

北海道出身だからといって、北海道に対して特別縁の深い小説を書くわけではない。だが本書では、あえて北海道出身が書いた北海道・蝦夷の幕末時代小説に着目した。理由は序章に書いた通りだ。

舞台を幕末の蝦夷・北海道に限定しなければ、北海道出身作家の時代小説は多い。むしろ北海道は、時代小説作家の宝庫と呼んでいいだろう。作者名と時代小説のベストを示してみよう。（本編で取りあげた作家はのぞく。）

◇主な北海道出身作家と主要作品

林不忘『丹下左膳』（昭和2年連載開始）……函館出身。牧逸馬、谷譲次の筆名でも活躍した長谷川海太郎が、時代小説を書く際の筆名。本作は隻眼《せきがん》隻腕《せきわん》の剣士の活躍を描く。

久生十蘭『**顎《あご》十《じゅう》郎《ろう》捕物帳**』（昭和17年、博文館）……函館出身。短編「鈴木主水《もんど》」で直木賞を受賞。本作は「顎十郎」のあだ名を持つ同心の活躍を描く捕物帖シリーズ。

井上靖『**蒼き狼**』（昭和35年、文藝春秋新社）……旭川生まれの芥川賞作家。本作は成吉思汗の生涯を描いた作品。詩人の才をもっとも強く押し出した作品に『風濤』がある。

森真沙子『**日本橋物語——蜻蛉《とんぼ》屋お瑛**』（平成19年、二見時代小説文庫）……横浜生まれの函館育ち。本作は蜻蛉屋お瑛が活躍する本格時代推理シリーズの第1作。

八《や》剣《つるぎ》浩太郎『**大江戸艶魔伝　ご存じ灯雨近**』（昭和62年、双葉社）……新得出身。本作は怪奇・官能小説「大江戸」シリーズとして多数刊行。

芝《しば》豪《ごう》『**天命　朝敵となるも誠を捨てず**』（平成22年、講談社）……北海道出身。本作は備中松山藩の財政を立て直した山田方谷の生涯を描く長編歴史小説。

北山悦史『**辻占い源也斎　乱れ指南**』（平成19年、廣済堂文庫）……士別出身。多産家。本作は時代官能小説「源也斎」シリーズの第2作。

桜田晋也『**足利高氏**』上下巻（昭和60年、読売新聞社→昭和63年、角川文庫）……札幌出身。平成23年に夭折。本作は尊氏を中心に、鎌倉から室町時代への移

行期を描く長編歴史小説。

西條奈加『四《よ》色《しき》の藍』（平成23年、ＰＨＰ研究所）……池田出身。平成17年、『金春屋ゴメス』で日本ファンタジーノベル大賞を受賞。本作は女４人の活躍と心情を描く時代小説。

浮《うき》穴《あな》みみ『寒中の花　こらしめ屋お蝶花暦』（平成23年、双葉社）……旭川出身、札幌在住。平成20年、小説推理新人賞を受賞。札幌の朝日カルチャーセンターで講座を持つ。本作は人情と女心の機微を描く連作時代小説。

◇北海道出身で時代小説も手がける作家

寺島柾史『鹿鳴館時代』（昭和４年、万里閣書房）……根室出身。昭和初期から戦後にかけて、科学史話、歴史小説、冒険探検小説を数多く手がけた。

水谷準『瓢庵先生捕物帖』（昭和27年、同光社磯部書房）……函館出身。雑誌『新青年』編集長を務めたほか、作家としても探偵作家クラブ賞（日本推理作家協会の前身）短編賞を受賞。

西野辰吉『独眼竜伊達政宗』（昭和61年、叢文社）……初山別出身。『秩父困民党』で毎日出版文化賞を受賞。

宇能鴻一郎『鯨神』（昭和37年、文藝春秋新社）……札幌出身。本作で芥川賞を受賞。

のちに官能小説、推理小説に進む。

中野美代子『契丹《きったん》伝奇集』（平成元年、日本文芸社）……札幌出身。本作は初の幻想小説集。

渡辺淳一『長崎ロシア遊女館』（昭和54年、講談社）……上砂川出身。ご存じ『失楽園』他をものしたミリオンセラー作家。吉川英治文学賞受賞の本作は、医に材をとる歴史秘話5編を収録。

荒巻義雄『猿飛佐助誕生編（貴種伝説の巻）』（平成元年、角川書店）……小樽出身。大ヒットした架空戦記『紺碧の艦隊』シリーズで知られるSF作家。本作は歴史のｉｆ（イフ）をシミュレーションした「猿飛佐助」シリーズの第1作。

京極夏彦『嗤う伊右衛門』（平成9年、中央公論社）……小樽出身。ミステリ作家としてデビューしたが、近年は怪奇小説が多い。泉鏡花文学賞受賞の本作は、「四谷怪談」に斬新な解釈を施した現代版。

平成24年9月までの作品である。おそらく、このリストから漏れた作家もいるだろう。寛恕を！

4 こんな作家にこんな時代小説を書いてほしい

わたしは現代小説、ミステリ、ノンフィクション、時代小説等、ジャンルを問わずに作品を読んでいるとき、このジャンルのこのテーマで、こうした主人公の設定なら、あの作家（ここでは北海道出身）はどう書くだろうか、などと考えることがしばしばある。映像化されたら、どの俳優がその役を演じるだろうかなどと、始終思う。まあ、当たらないが。

この思いは、北方謙三の時代小説を読んでいると、この作者はいつも司馬遼太郎が書かなかった時代を書くよなぁ、という思いにつながる。

1 『隠蔽捜査』シリーズ等で押しも押されもしない警官小説の大家になりつつある今野敏には、ぜひとも池波や藤沢を超えるような新しい型の捕物帖を書いてほしい。

2 藤堂志津子は「恋愛小説の名手」（小谷野敦）といわれる。有象無象の女たち（美貌でなくてもいい）を主人公にした、残酷無比《クール》な官能時代小説を書いてほしい。

3 平成21年に『田村はまだか』で吉川英治文学新人賞を受賞した朝倉かすみには、江戸に流れついたさまざまな階層の無宿が、人別帳を手に入れるために右往左往する泥臭いドラマを書いてほしい。

4 「名無しの探偵シリーズ」の東直己には、一人の天才詐欺師の手配で、そのつどなんの縁もなく集まったグループが引き起こす犯罪事件の悲喜劇を書いてほしい。

5 『道化師の蝶』で芥川賞を得た円城塔には、幕府外国奉行に設けられた幕閣も知らない謎の「X機密掛」で、ロシアをはじめとする外国の機密文書を解読する主人公の小説を書いてほしい。

6 「出刃」の小檜山博には、最後の創作奉公のつもりで、蝦夷・樺太に開拓の斧を振るった人々を主人公にした、文字通りの貧乏物語を書いてほしい。

7 毛色の変わったところで、近・現代文学研究・評論家の亀井秀雄（北大名誉教授）に、調査と伝聞が入り交じる田沼時代の蝦夷機略《スパイ》物語を書いてほしい。

8 いちおう「思想史家」と名のっているお前（鷲田）も書けというなら、書く材料（「福沢諭吉の事件簿」）はあるし、奮闘努力して書こうと約束していい。

9 それに読者のみなさん。あなたも想像力を羽ばたかせて、愛郷の時代小説を書いてはいかがでしょう。70歳はもとより、80歳の新人だって昨今出現しているのですよ。もし、これぞという作品ができたらお送りください。よいものなら出版の労をとりますよ。

つまるところ、読書（欲）はついには作書（欲）にいきつくし、作書によってさらに読書生活に活力を与えられる、といいたいわけだ。

あとがき

チャンバラ映画が好きだった。１９５０年代、東映時代劇の全盛期である。同時に、高野よしてる『木刀くん』（モデルは山岡鉄舟）や武内つなよし『赤胴鈴之助』を連載する雑誌をこっそり買っては、母に見つかり、風呂のタキツケにされた。

時代小説を読むようになったのは60年代に入ってからだ。遅いが、時代小説は「大人」が読むものなのだ。そして司馬遼太郎や子母澤寛の作品を読んで、面白いだけではないことにすぐ気づかされた。魂がインスパイアされるのである。

本格的に時代小説を読み始めたのは70年代に入ってからだ。とくに村田蔵六＝大村益次郎を主人公にした司馬『花神』と子母澤『勝海舟』には、読み終わったとき、酒の飲み方や語り口まで蔵六や海舟そっくりになっていることに気づかされるありさまだった。

わたしの人間と歴史の「センス」の多くは、時代小説からおのずと学びとったものだといっていい。

時代小説か歴史小説か、という煩瑣な議論がある。つまらない。いずれも小説である。小説に時代小説と現代小説の別があるだけだ。しかし、その区別もことによりけりなのだ。

『源氏物語』はたんなる小説ではなく、時代小説として読む必要がある。『太平記』は時代小説としてよりも、現代（同時代）小説として読むことが重要だ。それもこれも、司馬の膨大な作品や山本周五郎の作品群を読んで気づかされたことである。

そういえば司馬は、海外の取材旅行に行くとき、たとえばアメリカならミッチェル『風と共に去りぬ』等を、アイルランドならジョイス『ダブリナーズ』等の小説を読んでゆくと記している。それらは、その国の民族や歴史の特性＝魂を示す作品であり、小説はその魂（スピリット）を描くために、たえず現代を、過去と未来に向かって超えてゆこうとする。

人間はその未来に、背中から、したがって過去に顔を向けたまま、はいってゆく。歴史センスをもつことと、未来への先見力をもつことは、しっかり結びついているのだ。

時代小説愛好者が、80年代に入り、ぽつりぽつり時代小説について書くようになった。90年代には単行本を出すようになった。『時代小説百番勝負』(ちくま新書、共著)からはじまって、このたびで9冊目になる。愛郷心に満ちた作品を書き下ろすことができた。亜璃西社と井上美香さんをはじめとするスタッフに感謝したい。

2013年7月2日　緑が濃く美しい馬追山に涼風が吹くなかで

鷲田　小彌太

蝦夷・北海道を中心とした幕末・維新期年表

〈文責〉亜璃西社編集部

西暦	元号	出来事
1780	安永9	12─25 松前広長、『福山秘府』60巻を完成させる。
1783	天明3	1─ 工藤平助『赤蝦夷風説考』を著す。
1784	天明4	この年、勘定奉行松本秀持、老中田沼意次に蝦夷地調査の必要性を具申。参考資料として『赤蝦夷風説考』等を提出。
1785	天明5	3─ 幕府の蝦夷地調査隊普請役山口鉄五郎、同庵原弥六、同皆川沖右衛門、同佐藤玄六郎、同青島俊蔵、青島の下役最上徳内ら、松前に到着。（その後、2隊に分かれて東西蝦夷地を調査。）
1786	天明6	3─ 山口鉄五郎、青島俊蔵、最上徳内ら、国後・択捉・ウルップ島を調査、下役大石逸平は樺太を調査する。10─ 幕府、蝦夷地調査の中止を決定。（田沼意次が失脚、新たに老中となった松平定信による処置。） 閏10─ 佐藤玄六郎、調査の結果を『蝦夷拾遺』にまとめる。
1787	天明7	6─7 フランスの探検家ラ・ペルーズ、日本海を北上して沿海州沿岸とカラフト東岸を測量するも間宮海峡を発見できず。（その後、宗谷海峡を通過しカムチャツカに至る。）
1789	寛政1	5─7 クナシリ・メナシのアイヌ、飛騨屋使用人らの横暴に抗して蜂起（クナシリ・メナシの戦い）、71名の和人が殺害される。 7─ イコトイ、ションコ、ツキノエらアイヌ首長たちの協力で、松前藩が鎮圧に成功。（青島俊蔵、最上徳内、密命を帯びて反乱の背景を調査。） 11─ 本多利明、『蝦夷私考』を著す。
1790	寛政2	この年、幕府、密命の任務を破り松前藩に助言したとして、青島俊蔵を遠島に処す。 6─ 最上徳内、『蝦夷国風俗人情之沙汰』を著す。（9─ さらに校訂をくわえて『蝦夷草紙』3巻にまとめる。）
1791	寛政3	3─ 蠣崎波響、君名を帯びて入京。旅舎にて「クナシリ・メナシの戦い」で調停にあたったアイ

		ヌ首長らをモデルにした『夷酋列像』を製作。
1792	寛政4	9—5　ロシアの遣日使節ラクスマン一行、伊勢国漂民大黒屋光太夫らを伴い、ネモロに来航。
1793	寛政5	6—　ラクスマン一行、箱館に上陸。陸路松前に赴き、幕府目付石川忠房と会見するも、幕府は通商を拒否。（漂民を返還後、長崎来航の信牌を交付され、翌月、箱館を出帆。）
1796	寛政8	この年、高田屋嘉兵衛、手船「辰悦丸」にて初めて箱館港に入港、交易をはじめる。　8—14　ブロートン指揮するイギリス艦「プロビデンス号」が虻田に入港。対応した松前藩は、密かにブロートンに北日本の海図の模写を許可し、それと引き換えにキャプテン・クックの世界地図を入手する。　8—28　ブロートン一行、エトモ方面に移動。エトモの湊を「噴火湾」と名付ける。
1797	寛政9	7—　ブロートン、スクーナー船にのってエトモに再入港。（その後、異国船として初めて津軽海峡を通過。松前の海岸沿いを北上し、樺太を北緯52度まで進むも引き返す。）
1798	寛政10	5—　幕府により再び組織された蝦夷地巡見隊が松前に到着。　7—　近藤重蔵、最上徳内ら択捉島へわたり、「大日本恵登呂府」の標柱を立てる。　10—　近藤重蔵、広尾—様似間の難所に新たな山道を開削。
1799	寛政11	1—16　幕府、東蝦夷地の仮上知を決定。東蝦夷地の場所請負制を廃し、幕府直営による蝦夷地経営がはじまる。（第1次蝦夷地幕領期。）　7—18　高田屋嘉兵衛、「海路乗試御用船頭」を命じられ、近藤重蔵とともに国後島に至り、択捉航路を開く。
1800	寛政12	1—　最上徳内、『蝦夷草紙後編』を著す。　5—　伊能忠敬、測量を目的に東蝦夷地に入る。（同月、近藤重蔵が高田屋嘉兵衛の「辰悦丸」に乗り込み、択捉島に渡ってオイトに会所を設置、漁場17カ所を開く。）　9—17　伊能忠敬、松前に到着、翌日帰帆。（その後、地図大12枚・小1枚を作成し、12—21幕府に呈上。）

西暦	元号	出来事
1801	享和1	2— 高田屋嘉兵衛、蝦夷地御用定雇船頭となり、苗字帯刀を許される。
1802	享和2	2—23 幕府、蝦夷地奉行を新設。 5—10 蝦夷地奉行を箱館奉行に改称。 7—24 幕府、東蝦夷地の仮上知を永上知とする。
1804	文化1	この年、幕府が蝦夷三官寺を建立。 8—2 幕府、津軽・南部2藩に蝦夷地警備を命じる。 9—6 ロシア遣日全権使節レザノフ、提督クルーゼンシュテルン率いる世界周航の探検家とともに、「ナデジダ号」で長崎に来航。先年ラクスマンが受理した信牌をもとに、仙台漂民津太夫らの引き渡しと通商を求める。
1805	文化2	3— レザノフら、交渉を半年間据え置かれた上、一方的に幕府から通商を拒絶されて長崎出帆。（その後、一行は北海道・樺太・千島沿岸を測量し、樺太を半島と誤認し帰国。）
1806	文化3	この年、レザノフの部下フヴォストフら、樺太で略奪、放火などの狼藉を働く。
1807	文化4	3—22 幕府、松前・西蝦夷地一円の上知を決定。松前藩は奥州梁川へ国替え。 4—フヴォストフら、択捉島で番屋を襲い、放火・略奪を行う。（翌月、樺太に再び現れ、番屋などを焼き払い、その後も利尻島付近航行の船を数度にわたり襲撃。） 10— 箱館奉行を松前奉行に改称。
1808	文化5	この年、松田伝十郎・間宮林蔵のカラフト調査が行われ、島であることを確認。
1809	文化6	1—29 間宮林蔵、間宮海峡（タタール海峡）を発見。 6— 間宮林蔵、国禁を犯し、山丹船に同乗して黒龍江畔のデレンに向かう。
1811	文化8	6—4 ロシア船「ディアナ号」の艦長ゴローニンら8名、クナシリ島で拉致され松前に幽閉。
1812	文化9	8— ゴローニン奪還のため、副艦長リコルドが高田屋嘉兵衛をクナシリ近海で拿捕、カムチャツカへ連行する。

１８１３	文化10	9— 幕府、高田屋嘉兵衛の仲介でロシア政府陳謝の意を受け入れ、ゴローニンら箱館より帰国。
１８１７	文化14	この年、石狩場所に疱瘡が流行。（翌年4月までにアイヌ人口２１３０名余のうち８３３名が死亡。）
１８２１	文政4	12—7 幕府、松前蝦夷地一円を松前藩に返還する。
１８２２	文政5	7—24 松前奉行、廃止。
１８２６	文政9	6—22 蠣崎波響、死去。
１８３１	天保2	2— 厚岸領ウライネコタン沖に異国船来航、松前藩兵と交戦。
１８３２	天保3	この年、シーボルトが『日本』を著し、間宮海峡の名をはじめて紹介。
１８３３	天保4	2— 高田屋金兵衛の幟合事件の処分決定。江戸・大坂・箱館から追放。（所有船没収などで高田屋は没落。）
１８３４	天保5	6—2 異国船が矢来内沖に出現、松前藩、各台場より発砲。 6—13 松前の弁天島沖合に再び異国船が現れ、各台場より発砲。 8—4 様似近海に異国船出現。異人6名上陸し、酒1樽と犬1匹を奪い去る。 10—23 水戸藩主徳川斉昭、老中大久保忠真に意見書を送り、水戸藩への蝦夷地開拓委任を請う。
１８４２	天保13	8— 松前藩、幕府触書を受けて外国船打払令を撤回、薪水等の給付を許可。
１８４４	弘化1	10—5 外国船1隻、室蘭に来泊し翌日出帆。 10—21 再び室蘭に外国船来航し、2日後に退去。 10—26 外国船厚岸に来泊、翌日退去。
１８４５	弘化2	3— 松浦武四郎、和賀屋孫兵衛の手代として東蝦夷地に入る。（シレトコ岬を回り、10月に箱館、松前に至る。） 6—29 ロシア船1隻、択捉島に来泊。
１８４６	弘化3	4—11 松浦武四郎、松前藩役人の僕として、樺太へ向かうため江差出発。（5— 樺太へ渡り、9— 宗谷から石狩に出、川舟で千歳に出て江差に帰着。） 5—11 米国捕鯨船「ローレン

西暦	元号	出来事
		ス号」の乗組員7名、択捉島に漂着。(翌年、長崎に護送。) 5—28 ロシア船1隻、択捉島に来泊。翌日出帆。 6—2 外国船1隻、松前沖に来航。 7—13 徳川斉昭、老中阿部正弘に外国船掃攘・軍艦製造および琉球・松前の防備等に関する意見を陳述。
1847	弘化4	4—4 福島村沖に異国船2隻来航。 5—19 松前沖に異国船1隻来航。
1848	嘉永1	5—7 米国捕鯨船「ラコダ号」から脱走の乗組員15名、西部小砂子村に上陸。(7—10 長崎に護送。) 6—2 米国捕鯨船「プリマス号」の乗組員マクドナルド、利尻島に着岸。遭難者にみせかけ救助される。(その後、長崎へ護送。) 6—23 米国漁民34名、樺太・白主に上陸。白米4俵と帆柱の丸太を得て翌日退去。
1849	嘉永2	1—21 松浦武四郎、国後島・択捉島見分のため江戸を出発。国後請負人・柏屋喜兵衛の「長者丸」に乗り組み、国後、択捉各島を廻る。(8— 箱館帰着。) 6—1 米国捕鯨船「トライデント号」の乗組員3名、北蝦夷地オタロに漂着。松前で拘置される。(翌年、長崎へ護送。) 7—10 幕府、警備強化のため、松前藩に築城を命じる。
1850	嘉永3	3—15 異国船、福山城下の沖合に来航。(7—江差・オクシリ沖合に来航。) 4— 松浦武四郎、『蝦夷日誌』を脱稿。 4—16 英国捕鯨船「エドモンド号」乗組員32名、東蝦夷地マヒルに漂着、途中1名死亡(8—19 箱館へ31名を護送)。
1851	嘉永4	この年、シーボルトが『大日本陸海図帳』を出版。 3—15 松前藩、箱館・弁天岬など3カ所の砲台を修築。
1853	嘉永6	7—8 米使ペリー、米国艦隊4隻を率いて浦賀へ来航。 7—18 ロシア使節プチャーチン、4隻の軍艦を率いて長崎に来航し、国交および樺太・千島における国境確定を要求。 8—29 ロシ

		ア海軍大佐ネヴェリスコイ、樺太占領の命を受けて露米会社の汽船「ニコライ号」で樺太・久春古丹に来航。上陸し、柵をめぐらして陣営を築く。12—5 プチャーチン、再び長崎に来航し、和親通商について交渉をはじめる。
1854	安政1	1—16 ペリー率いる米艦7隻、江戸小柴沖に投錨。遅れて2隻が来航し、計9隻となる。3—3 日米和親条約が締結され、下田と箱館が開港。4—15 米国軍艦3隻、箱館に入港。4—21 ペリー、2隻の軍艦を率いて入港。松前藩応接掛に松前への訪問、艦員の上陸、物品の購入、家屋の賃貸等を要請。6—30 幕府、松前藩より箱館および同所から5・6里四方を上知し、箱館奉行を置く。10—1 松前城竣成。12—21 日露和親条約が締結される。(千島は択捉水道をもって境界とし、樺太は従来通り雑居の地となる。)
1855	安政2	2—22 幕府、木古内以北、乙部以北の地を再び上知。(第2次蝦夷地幕領期。) 3—27 幕府、蝦夷地全土を上知し、津軽・南部藩のほか仙台・秋田藩に蝦夷地警護を命じる。12—25 松浦武四郎、蝦夷地御用雇となる。
1856	安政3	2—8 仙台藩伊達慶邦、蝦夷地警備兵200余名に出発を命じる。8—21 箱館に諸術調所を設け、蘭学者武田斐三郎を教授役とする。10—7 幕府、蝦夷地通用銭(箱館通宝)の鋳造を許可する。
1857	安政4	この年、五稜郭の建設がはじまる。4—5 ライス、米国捕鯨船で来航し、初の米国領事として駐在。
1858	安政5	7— 幕府、外国奉行を置き、箱館奉行堀利熙・村垣範正の兼務を命じる。9—30 ゴスケヴィッチ、ロシア領事として箱館に赴任。
1859	安政6	4—16 オランダ軍艦「バーリー号」、箱館に入港。5—23 ロシア東部・シベリア総督ムラヴィヨフ、軍艦にて箱館に来航。6—2 幕府、諸外国との修好通商条約により、箱館を通商貿易港

西暦	元号	出来事
		として開港。9—27 幕府、会津・仙台・久保田・庄内・盛岡・弘前の6藩に蝦夷地を分与し、警備・開拓にあたらせることを決定。
1860	万延1	この年、箱館奉行が茅沼炭山（現泊村）で石炭を試掘。4— 箱館奉行、諸藩へ分領地を引き渡す。
1861	文久1	3— 箱館奉行・村垣範正、ロシアの南下に対して速やかな国境画定を建議。6—6 箱館奉行、弁天岬台場・五稜郭築城などを上申、幕府の許可を受ける。8—20 箱館奉行・村垣範正、ロシア艦隊司令官、領事らと北蝦夷地国境画定を商議。
1863	文久3	この年、プロシアの貿易商ガルトネルが箱館で貿易に従事。6— 岡本監輔、北蝦夷地調査のため箱館を出発。
1864	元治1	5—11 幕府、オランダで建造中の軍艦を開陽丸と命名。6—15 五稜郭竣工。
1865	慶応1	2—18 オタルナイ場所を村並とし、穂足内村と称す。7—4 ロシア軍艦1隻が、北蝦夷地久春内に来航、同国人男女100余名が上陸・駐屯。
1866	慶応2	9— 大友亀太郎、石狩国札幌付近に用水路・道路などを開削。
1967	慶応3	2—20 ロシア兵数百名、久春内に来航。不穏な情勢につき、この日仙台藩が藩兵を派遣。2—25 樺太島規則調印。日露両国人の雑居を決定。3—26 幕府、横浜にて新造軍艦「開陽丸」をオランダより受理。11— ロシア人、北蝦夷地シララオロにおいて同心らを拘禁。11—23 幕府、蝦夷地への士・庶民の移住・開拓を許可。
1868	明治1	4—12 箱館裁判所設置。閏4— 箱館裁判所を箱館府に改称。閏4—4 小樽内騒動発生。10—20 榎本武揚率いる艦隊、鷲ノ木に上陸し五稜郭・箱館に向かう。11—15 旧幕府軍「開陽丸」、江差港にて暴風のため座礁、沈没。

1869	明治2	2—19 旧幕府軍、プロシア商人ガルトネルと七重村開墾条約を締結。 5—18 旧幕府軍、政府軍に降伏し、箱館戦争が終結。 6—24 松前藩主松前兼広、版籍奉還して館藩知事となる。 7—8 開拓使設置。 8—15 蝦夷地を北海道に改称し、11国86郡を置く。
1870	明治3	9— 東本願寺、有珠・札幌間の道路開削に着手。 12—10 政府、ガルトネル租借地を賠償金の支払いにより回収。
1871	明治4	5— 札幌に開拓使庁設置。 7—7 開拓顧問ケプロン、アンチセルら御雇外国人を伴いアメリカから来日。 7—14 廃藩置県により、館藩を廃し館県を設置。（9— 館県、弘前県に併合。）
1872	明治5	1—6 服罪中の旧幕府軍・大鳥圭介ら、特命をもって赦免される。 3—7 榎本武揚、罪を許され放免。（その後、開拓使4等出仕に任ぜられる。） 9—20 開拓使、北海道土地売貸規則・地所規制を制定。
1873	明治6	6—28 亀田・札幌間の新道（札幌本道）完成。 7— エドウィン・ダン、米国より来日。 9—3 ケプロン、幌内炭山—室蘭港間の鉄道敷設を開拓次官黒田清隆に上申。 11—24 開拓使札幌本庁舎落成。
1874	明治7	8—2 陸軍中将兼開拓次官黒田清隆、屯田総理・参議・開拓長官に任じられる。 11— 札幌郡琴似村に屯田兵屋２０８戸竣工。
1875	明治8	5— 最初の屯田兵１９８戸９６５名が札幌郡琴似村へ入地。 5—7 榎本武揚特命全権公使、樺太・千島交換条約に調印。（11—10 公布。） 7—29 開拓使、仮学校を札幌に移転して札幌学校に改称。 10— 樺太からアイヌ１０８戸８４１名を天塩国宗谷に強制移住。

※北海道編纂『新北海道史年表』（北海道出版企画センター、１９８９年）を元に適宜改変して作成

諸田玲子 ………………………… 47
『お鳥見女房』(平成13年、新潮社→平成17年、新潮文庫)

【や】
八剣浩太郎 ……………………… 150
『大江戸艶魔伝　ご存じ灯雨近』(昭和62年、双葉社・Futaba novels)
矢野徹 …………………… 21, 137
＊『カムイの剣』(昭和45年、立風書房→平成11年、ハルキ文庫)
『コブテン船長の冒険』(昭和45年、毎日新聞社→昭和55年、角川文庫)
『最後の忍者』(昭和56年、角川文庫)
『442連隊戦闘団　進め！日系二世部隊』(昭和54年、角川文庫→平成17年、柏艪舎〈『442』に改題〉)
山田風太郎 ……………………… 137
『甲賀忍法帖』(昭和34年、光文社→平成22年、角川文庫)
『魔群の通過』(昭和53年、光文社→平成23年、ちくま文庫)
『修羅維新牢』(昭和60年、角川文庫→平成23年、ちくま文庫)
山本周五郎 ………… 15, 60, 78, 132
『栄花物語』(昭和28年、要書房→平成19年改版、新潮文庫)
『樅ノ木は残った』(昭和33年、講談社、上下巻→平成15年、新潮文庫、上中下巻)

【よ】
吉川英治 …………… 12, 15, 112, 132
＊「函館病院」(昭和28年、六興出版社、『吉川英治短篇集』第4巻所収→昭和55年、立風書房、『北海道文学全集』第12巻所収)
『鳴門秘帖』(昭和2年、大阪毎日新聞社ほか→昭和64年、講談社・吉川英治歴史時代文庫2〜4巻所収)
『宮本武蔵』(昭和11〜14年、大日本雄辯會講談社→平成25年、宝島社文庫・新潮文庫)
吉村昭 …………………… 21, 49, 90
＊『間宮林蔵』(昭和57年、講談社→平成23年、講談社文庫)
『戦艦武蔵』(昭和41年、新潮社→平成21年、新潮文庫)
『冬の鷹』(昭和49年、毎日新聞社→平成24年、新潮文庫)
『北天の星』上下巻(昭和50年、講談社→平成12年、講談社文庫)
『ふぉん・しいほるとの娘』上下巻(昭和53年、毎日新聞社→平成21年、新潮文庫)

【わ】
渡辺淳一 ………………………… 152
『長崎ロシア遊女館』(昭和54年、講談社→昭和59年、講談社文庫)

【ふ】
藤井邦夫 ……………… 21, 116, 123
＊『歳三の首』（平成20年、学習研究社→平成23年、学研M文庫）
『陽炎斬刃剣　日暮左近事件帖』（平成14年、廣済堂文庫）
『神隠し　秋山久蔵御用控』（平成16年、KKベストセラーズ・ベスト時代文庫）
『投げ文　知らぬが半兵衛手控帖』（平成18年、双葉文庫）
藤沢周平 ……………………… 15, 78
『用心棒日月抄』（昭和53年、新潮社→昭和56年、新潮文庫）
『三屋清左衛門残日録』（昭和64年、文藝春秋→平成4年、文春文庫）
船山馨 ………………………… 67
＊『お登勢』（昭和44年、毎日新聞社→平成13年改版、角川文庫）
＊『続　お登勢』（昭和48年、毎日新聞社→昭和54年、角川文庫）
『天保秘剣録』（昭和39年、青樹社）
『石狩平野』正・続（昭和42～43年、河出書房→昭和56年、新潮文庫）
『幕末の暗殺者』（昭和42年、現代書房）
不破俊輔 ……………………… 22
＊『シーボルトの花かんざし』（平成24年、北海道出版企画センター）
『私のジュスティーヌ』（昭和60年、青弓社）
『ハウカセの大きな石』（平成19年、北海道出版企画センター）
『新島八重その生涯』（平成24年、明日香出版社）

【ほ】
星新一 …………………… 137, 140
『城のなかの人』（昭和48年、角川書店→平成20年、角川文庫）
本庄陸男 ……………………… 71
＊『石狩川』（昭和14年、大観堂書店→昭和47年、新潮文庫）
『白い壁』（昭和10年、ナウカ社→昭和57年、新日本文庫）

【み】
三浦綾子 ………………………… 97
＊『海嶺』（昭和56年、朝日新聞社、上下巻→平成24年、角川文庫、上中下巻）
『氷点』（昭和40年、朝日新聞社→平成24年、角川文庫、上下巻）
『塩狩峠』（昭和43年、新潮社→平成4年、新潮文庫）
水谷準 …………………………… 151
『瓢庵先生捕物帖』（昭和27年、同光社磯部書房）
光瀬龍 …………………………… 137
『秘伝・宮本武蔵』（昭和51年、読売新聞社→昭和57年、徳間文庫）

【む】
村上元三 ……………… 20, 60, 64, 78
＊「蝦夷日誌」（昭和55年、立風書房、『北海道文学全集』第12巻所収）
＊『颶風の門』（昭和16年、墨水書房→昭和26年、春陽文庫、上中下巻）
『上総風土記』（昭和16年、新小説社→昭和37年、春陽文庫）
『佐々木小次郎』（昭和25～26年、朝日新聞社→平成7年、講談社大衆文学館）
『田沼意次』上中下巻（昭和60年、毎日新聞社→平成2年、講談社文庫）

【も】
森真沙子 ………………………… 150
『日本橋物語――蜻蛉屋お瑛』（平成19年、二見時代小説文庫）

改題)
『信玄の軍配者』(平成22年、中央公論新社)

【な】

永倉新八 ………………………… **130**
＊『新撰組顛末記』(昭和43年、新人物往来社→平成21年、新人物文庫)
中里介山 ………………………… 55
『大菩薩峠』(大正7年、玉流堂書店→平成7年、ちくま文庫)
中津川俊六 ……………………… **88**
＊『北方の先覚　松浦武四郎伝』(昭和19年、北海道翼賛壮年団本部)
「五郎治千島日記」(昭和56年、立風書房、『北海道文学全集』第15巻所収)
「詩人　松浦武四郎伝」(昭和57年、立風書房、『中津川俊六全集』上巻所収)
中野美代子 ……………………… 152
『契丹伝奇集』(平成元年、日本文芸社→平成7年、河出文庫)
夏堀正元 ………………………… 49
『幻の北海道共和国』(昭和47年、講談社→昭和60年、旺文社文庫)
『蝦夷国まぼろし』(平成7年、光文社→平成10年、中公文庫)

【に】

西野辰吉 ………………………… 151
『独眼竜伊達政宗』(昭和61年、叢文社→昭和61年、富士見時代小説文庫)
丹羽文雄 ………………………… **44**
＊「暁闇」(昭和17年、大観堂書店、『勤王届出』所収→昭和55年、立風書房、『北海道文学全集』第12巻所収)
『親鸞』全5巻(昭和44年、新潮社→昭和56年、新潮文庫)
『蓮如』全8巻(昭和57〜58年、中央公論社→平成10年、中公文庫)

【は】

蜂谷涼 …………………………… **47**
＊『へび女房』(平成19年、文藝春秋→平成23年、文春文庫)
『蛍火』(平成16年、講談社→平成20年、文春文庫)
『雪えくぼ』(平成18年、新潮社→平成21年、新潮文庫)
『舞灯籠　京都上七軒幕末手控え』(平成22年、新潮社)
花村萬月 ……………………… **15**, 122
＊『私の庭〈浅草篇〉』(平成16年、光文社→平成23年、光文社文庫)
＊『私の庭〈蝦夷地篇〉』(平成19年、光文社→平成24年、光文社文庫)
＊『私の庭〈北海無頼篇〉』(平成21年、光文社→平成24年、光文社文庫)
『鋋娥哢姙(あがるた)』(平成19年、集英社)
『武蔵』(平成23年、徳間書店、全2巻)
林不忘 ……………………… 136, 149
『丹下左膳 日光の巻』(昭和9年、新潮社)
『丹下左膳』全3巻(平成16年、光文社文庫)
原田康子 ………………… 20, **53**, 55
＊『風の砦』上下巻(昭和58年、新潮社→平成7年、講談社文庫)
『挽歌』(昭和31年、東都書房→昭和64年改版、新潮文庫)
『海霧』(平成14年、講談社、上下巻→平成17年、講談社文庫、上中下巻)

【ひ】

久生十蘭 ……………………… 71, 150
『顎十郎捕物帳』(昭和17年、博文館→平成10年、朝日文芸文庫)

『行きゆきて峠あり』（昭和42年、読売新聞社→平成7年、講談社大衆文学館）

城昌幸 ………………………… 144

『若さま侍捕物手帖』（昭和25年、春陽堂→平成20年、徳間文庫）

【す】

杉村悦郎 ………………………… 130

『新選組永倉新八外伝』（平成15年、新人物往来社）

『新選組永倉新八のひ孫がつくった本』（平成17年、柏艪舎）

『子孫が語る永倉新八』（平成21年、新人物往来社）

【た】

高垣眸 ………………………… 134

『快傑黒頭巾』（昭和10年、大日本雄弁会講談社→昭和45年、講談社・愛蔵復刻版少年倶楽部名作全集）

谷譲次 ………………………… 136, 149

「めりけんじゃっぷ」（昭和44年、河出書房新社、『一人三人全集』第3巻所収）

『踊る地平線』（昭和4年、中央公論社→平成11年、岩波文庫、上下巻）

『テキサス無宿／キキ』出口裕弘編（平成15年、みすず書房）

【つ】

綱淵謙錠 ………………………… **40, 56**

＊『狄』（昭和49年、文藝春秋→昭和54年、中公文庫）

＊『航』（昭和61年、新潮社）

『斬』（昭和47年、河出書房新社→平成23年、文春文庫）

『歴史と人生』（昭和51年、中央公論社→昭和55年、中公文庫）

『戊辰落日』（昭和53年、文藝春秋→昭和59年、文春文庫）

『濤』（昭和54年、河出書房新社→昭和61年、新潮文庫）

『幕臣列伝』（昭和56年、中央公論社→昭和59年、中公文庫）

『極——白瀬中尉南極探検記』（昭和58年、新潮社→平成2年、新潮文庫）

『乱』（平成8年、中央公論社→平成12年、中公文庫）

津本陽 ………………………… 15, 55

『深重の海』（昭和53年、新潮社→平成25年、集英社文庫）

『下天は夢か』全4巻（昭和64年、日本経済新聞社→平成20年、角川文庫）

【て】

寺島柾史 ………………………… 151

『鹿鳴館時代』（昭和4年、万里閣書房）

【と】

土居良一 ………………………… 49, **126**

＊『海翁伝』（平成24年、講談社文庫）

『カリフォルニア』（昭和54年、講談社→昭和59年、講談社文庫）

『夜界』（昭和59年、河出書房新社）

『ネクロポリス』（平成元年、講談社）

『こわれもの』（平成15年、講談社）

富樫倫太郎 …………………………

21, 49, **105**, **108**, 110, 115

＊『箱館売ります　幕末ガルトネル事件異聞』（平成16年、実業之日本社→平成25年、中公文庫）

＊『殺生石』（平成16年、光文社・Kappa novels）

＊『美姫血戦　松前パン屋事始異聞』（平成17年、実業之日本社）

『修羅の跫』（平成10年、学習研究社→平成15年、光文社文庫、『地獄の佳き日』に

平成6年、集英社文庫）
＊『雪よ　荒野よ』（平成6年、集英社→平成9年、集英社文庫）
＊『北辰群盗録』（平成8年、集英社→平成21年、集英社文庫）
＊『帰らざる荒野』（平成15年、集英社→平成18年、集英社文庫）
『エトロフ発緊急電』（平成元年、新潮社→平成6年、新潮文庫）
『ストックホルムの密使』（平成6年、新潮社→平成9年、新潮文庫）
『警官の血』（平成19年、新潮社→平成22年、新潮文庫）
『廃墟に乞う』（平成21年、文藝春秋→平成24年、文春文庫）
颯手達治 …………………………… 144
＊『若さま秘殺帳』（昭和54年、春陽文庫）
『挿替奈落の殺人——若さま紋十郎事件帖』（昭和63年、春陽文庫）
『蜘蛛の巣殺人事件——若さま紋十郎事件帖』（平成2年、春陽文庫）
寒川光太郎 ………………………… 75
＊『サガレン風土記』（昭和16年、大日本雄弁会講談社）
＊「開拓前記」（昭和16年、大日本雄弁会講談社、『サガレン風土記』所収）
『北風ぞ吹かん』（昭和17年、桜井書店）
「密猟者」「猟小舎」「札幌開府」（昭和56年、立風書房、『北海道文学全集』第14巻所収）
三遊亭円朝 ………………………… 41
＊「椿説蝦夷訛」（明治29年、博文館→昭和54年、立風書房、『北海道文学全集』第1巻所収）
『怪談　牡丹燈籠』（明治17年、東京稗史出版社→平成14年改版、岩波文庫）
『真景累ケ淵』（大正15年、春陽堂、『円朝全集』第1巻所収→平成19年改版、岩波文庫）

【し】
芝豪 ………………………………… 150
『天命　朝敵となるも誠を捨てず』（平成22年、講談社）
司馬遼太郎 ………………… 14, 15, 34, 74, 78, 100, 114, 132, 147, 148, 153
『竜馬がゆく』（昭和38～41年、文藝春秋、全5巻→平成10年、文春文庫、全8巻）
『燃えよ剣』（昭和39年、文藝春秋新社→昭和47年、新潮文庫）
『峠』（昭和43年、新潮社→平成15年、新潮文庫、上中下巻）
『新選組血風録』（昭和44年、中央公論社、全3巻→平成15年、角川文庫）
『坂の上の雲』（昭和44年、文藝春秋、全6巻→平成11年、文春文庫、全8巻）
『世に棲む日日』（昭和46年、文藝春秋→平成15年、文春文庫）
『花神』（昭和47年、新潮社、全4巻→昭和51年、新潮文庫、上中下巻）
『菜の花の沖』全6巻（昭和57年、文藝春秋→平成12年、文春文庫）
子母澤寛 ………………………… 15, 20, 27, 34, 55, 71, 78, 114, 119
＊『蝦夷物語』（昭和35年、中央公論社→昭和46年、角川文庫）
＊「厚田日記」（昭和37年、中央公論社、『脇役』所収→平成元年、文春文庫）
『新選組始末記』（昭和3年、万里閣書房→平成8年、中公文庫）
『国定忠治』（昭和8年、改造社→昭和34年、新潮文庫）
『勝海舟』第1、2巻（昭和21年、日正書房）
「南へ向いた丘」（昭和38年、中央公論社、『町方同心日記抄』所収）

13年、光文社時代小説文庫)
奥田静夫 …………………………… 31
『青雲の果て——武人黒田清隆の戦い』(平成19年、北海道出版企画センター)
『えぞ侠商伝——幕末維新と風雲児柳田藤吉』(平成20年、北海道出版企画センター)
大佛次郎 …………………………… 134
「鞍馬天狗」シリーズ(大正14年〜、博文館→平成12年、小学館文庫)

【き】
北方謙三 …12, 15, 23, 49, **94**, **115**, 153
*『林蔵の貌』(平成6年、集英社、上下巻→平成15年、新潮文庫、全1巻)
*『黒龍の柩』上下巻(平成14年、毎日新聞社→平成17年、幻冬舎文庫)
『弔鐘はるかなり』(昭和56年、集英社→昭和60年、集英社文庫)
『武王の門』上下巻(平成元年、新潮社→平成5年、新潮文庫)
『破軍の星』(平成2年、集英社→平成5年、集英社文庫)
『三国志』全13巻(平成8〜10年、角川春樹事務所→平成13〜14年、ハルキ文庫)
北原亞以子 ………………………… 115
『暗闇から 土方歳三異聞』(平成7年、実業之日本社)
北山悦史 …………………………… 150
『辻占い源也斎 乱れ指南』(平成19年、廣済堂文庫)
木村勝美 …………………………… *64*
『日露外交の先駆者 増田甲斎』(平成5年、潮出版社)
京極夏彦 …………………………… 152
『嗤う伊右衛門』(平成9年、中央公論社→平成16年、中公文庫)

【く】
国枝史郎 …………………………… 137
『神州纐纈城』(昭和43年、桃源社→平成19年、河出文庫)
久保栄 ……………………………… **109**
*『五稜郭血書』(昭和8年、日本プロレタリア演劇同盟出版部→昭和55年、立風書房、『北海道文学全集』第10巻所収)
『火山灰地』(昭和13年、新潮社→昭和55年、立風書房、『北海道文学全集』第10巻所収)
『のぼり窯』(昭和27年、新潮社)

【さ】
西條奈加 …………………………… 151
『四色の藍』(平成23年、PHP研究所)
佐伯泰英 …………………………… 15
『陽炎ノ辻 居眠り磐音江戸双紙』(平成14年、双葉文庫)
佐江衆一 …………………………… **83**
*『北海道人——松浦武四郎』(平成11年、新人物往来社→平成14年、講談社文庫)
『北の海明け』(平成元年、新潮社→平成8年、新潮文庫)
『江戸職人綺譚』(平成7年、新潮社→平成10年、新潮文庫)
早乙女貢 …………………………… 115
『新選組斬人剣 小説・土方歳三』(平成5年、講談社→平成10年、講談社文庫)
桜田晋也 …………………………… 150
『足利高氏』上下巻(昭和60年、読売新聞社→昭和63年、角川文庫)
佐々木譲 ……………**34**, 49, **133**, **136**
*『武揚伝』(平成13年、中央公論新社→平成15年、中公文庫)
*『黒頭巾旋風録』(平成14年、新潮社→平成23年、徳間文庫)
*『五稜郭残党伝』(平成3年、集英社→

作家名索引

◇本書掲載の作家名と主要著作を併記した
（＊は本書で取り上げた作品で、主要掲載ページはゴシック体で示した）
〈文責〉亜璃西社編集部

【あ】

秋山香乃 …………………………… 115
『歳三往きてまた』(平成14年、文芸社→平成19年、文春文庫)

朝松健 …………………………… **141**
＊『妖変！箱館拳銃無宿』(平成4年、徳間書店・Tokuma novels)
『元禄霊異伝』(平成6年、光文社文庫)
『妖戦十勇士　真田秘戦記』(平成7年、ベストセラーズ・Wani novels)
『百怪祭　室町伝奇集』(平成12年、光文社文庫)
『一休暗夜行』(平成13年、光文社文庫)

安部公房 ………………… 21, **31**, 49
＊『榎本武揚』(昭和40年、中央公論社→平成2年改版、中公文庫)
『砂の女』(昭和37年、新潮社→昭和56年、新潮文庫)
『他人の顔』(昭和39年、講談社→昭和43年、新潮文庫)
『燃えつきた地図』(昭和42年、新潮社→昭和55年、新潮文庫)
『箱男』(昭和48年、新潮社→昭和57年、新潮文庫)

荒巻義雄 …………………… 137, 152
『猿飛佐助　誕生編(貴種伝説の巻)』(平成元年、角川書店・カドカワノベルズ)

【い】

池波正太郎 ………………………… 15
『鬼平犯科帳』(昭和43年、文藝春秋→昭和34年、新潮文庫)

乾浩 ……………………………… 101
『北冥の白虹　小説・最上徳内』(平成15年、新人物往来社)

井上靖 …………………………… 150
『蒼き狼』(昭和33年、文藝春秋新社→平成18年、新潮文庫)

【う】

宇江佐真理 ………………………… **119**
＊『憂き世店　松前藩士物語』(平成16年、朝日新聞社→平成19年、朝日文庫)
『幻の声　髪結い伊左次捕物余話』(平成9年、文藝春秋→平成12年、文春文庫)
『雷桜』(平成12年、角川書店→平成16年、角川文庫)
『たば風　蝦夷拾遺』(平成17年、実業之日本社→平成20年、文春文庫)
『桜花を見た』(平成16年、文藝春秋→平成19年、文春文庫)

浮穴みみ ………………………… 151
『寒中の花　こらしめ屋お蝶花暦』(平成23年、双葉社)

宇能鴻一郎 ……………………… 151
『鯨神』(昭和37年、文藝春秋新社→昭和56年、中公文庫)

【お】

逢坂剛 …………………………… 100
『重蔵始末』全6巻(平成13〜21年、講談社→平成16〜24年、講談社文庫)

岡本綺堂 ………………………… 144
『半七捕物帖』(大正13年、新作社→平成

■著者プロフィール

鷲田 小彌太（わしだ・こやた）

１９４２年、札幌生まれ。札幌南高を経て、大阪大学文学部哲学科卒。１９８３年、札幌大学教授、２０１２年退職。専攻は哲学・思想史。書評、評論、人生論、読書術、時代小説等、ジャンルをとわず執筆する。主著は『大学教授になる方法』『昭和の思想家67人』『漱石の仕事論』『本はこう買え！こう読め！こう使え！』『ビジネスマンのための時代小説の読み方』『時代小説に学ぶ人間学―寝食を忘れさせるブックガイド』『佐伯泰英大研究』『坂本竜馬の野望』『定年と読書』『鷲田小彌太書評集成Ⅰ、Ⅱ、Ⅲ』『父は息子とどう向き合うか』等々、著作は２００冊以上を数える。

■制作協力

石狩市民図書館
井上 美香
丹羽 秀人

時代小説《じだいしょうせつ》で読《よ》む！ 北海道《ほっかいどう》の幕末《ばくまつ》・維新《いしん》
――歴史《れきし》を愉《たの》しむブックガイド

２０１３年７月31日　第１刷発行

著　者　鷲田小彌太《わしだこやた》
装　幀　佐々木正男
編集人　井上　哲
発行人　和田　由美
発行所　株式会社亜璃西社（ありすしゃ）
〒０６０−８６３７ 札幌市中央区南２条西５丁目６−７
ＴＥＬ（０１１）２２１−５３９６
ＦＡＸ（０１１）２２１−５３８６
ＵＲＬ　http://www.alicesha.co.jp/
印刷所　株式会社アイワード

ISBN 978-4-906740-06-2　C0021